Cris Jerel

L'Univers d'Ildaran

Cycle de l'héritier - Volume 3

ISBN 979-10-95650-10-2

© Troisième édition, 2nd trimestre 2016.

Chapitre 1

À Port Gâal, Rliostem et Klosteran attendaient depuis maintenant deux heures dans une cellule inconfortable qu'un représentant du palais vienne les interroger. L'officier qui les avait appréhendés leur avait expliqué que l'affaire était très sensible : le jeune Tâargrien était le prétendant le plus sérieux pour épouser la fille du roi, favorisé par le pouvoir et l'argent de son père. Le fils du duc était précédé d'une mauvaise réputation ayant déjà déclenché de multiples altercations depuis son arrivée dans la cité, trois jours auparavant, mais sa position sociale lui avait épargné d'être arrêté et le roi lui-même avait donné des instructions pour qu'il ne soit pas inquiété. La situation politique du royaume n'était évidemment pas étrangère à ces consignes très inhabituelles de la part de Mâaspec, considéré généralement comme un roi juste.

Un assesseur de justice arriva enfin, accompagné d'un représentant des deux nobles. Ces derniers avaient déjà été interrogés, mais l'assesseur voulut connaître la version de Rliostem et de Klosteran. Sans surprise les deux dépositions ne concordaient pas : les nobles Tâardian accusaient les étrangers de les avoir insultés dans la boutique et, comme le témoignage du tailleur ne comptait pas et que, de toute façon, il ne souhaitait pas se mêler des affaires de puissants, le représentant de la justice royale ne pouvait statuer.

- Mes clients demandent le jugement du cercle, intervint le représentant des Tâardian.

- Nous sommes étrangers et ne connaissons pas vos usages. Quel est ce jugement du cercle ? s'enquit Klosteran.

- Il s'agit d'un combat à mort dans le cercle de la justice, lui répondit l'homme de loi en se tournant vers eux.

- Vous voulez dire que nous devrions combattre ce jeune homme et son ami pour laver notre honneur, s'étonna Rliostem.

- Eux ou leurs représentants, étant donné qu'il s'agit d'hommes de haute naissance. Acceptez-vous ? demanda l'assesseur.

- Avons-nous le choix ? répondit Rliostem, pourtant peu enclin à jouer les gladiateurs dans une arène moyenâgeuse.

- Oui. Mais refuser signifierait reconnaître votre culpabilité et je devrais rendre un jugement sur l'agression de deux nobles. Expliqua l'homme de loi.

- Donc nous avons le choix de combattre ou d'être déclarés coupables. Devant ces alternatives nous acceptons le duel. Décida Rliostem en regardant Klosteran, l'air un peu désabusé par la justice de ce pays.

Les deux ildarans pensaient pouvoir se débarrasser facilement des jeunes gens sans avoir à les tuer et ne s'inquiétaient donc pas trop de ce jugement du cercle. Au pire, ils disposaient des boucliers *Horlzson* et, si ça tournait mal, pourraient toujours s'éclipser.

- Parfait. Dans ce cas les duels auront lieu demain après-midi dans le cercle du jugement. Avez-vous des témoins qui puissent garantir votre moralité ? Voulut savoir l'assesseur du roi.

- Comme je vous l'ai indiqué, nous sommes étrangers à cette cité et nous ne connaissons que peu de monde, mais si vous pouviez faire prévenir le prince Sertime. Demanda Klosteran.

L'assesseur parut contrarié à l'évocation du prince marchand et les deux hommes pouvaient décrypter l'expression de son visage qui entrevoyait déjà les complications politiques de cette affaire. Le gâalanais s'engagea néanmoins à le faire prévenir au plus tôt et leur annonça que si Sertime se portait garant d'eux, ils seraient autorisés à sortir de prison avec la condition de se présenter le lendemain, après le demi-jour, au cercle de la justice.

Les deux ildarans, qui étaient condamnés à suivre les us et coutumes de cette contrée, voulurent en apprendre un peu plus sur les règles de ce jugement. Ils apprirent ainsi qu'il s'agissait d'une vieille tradition qui visait à s'en remettre au duel lorsque la loi des hommes ne pouvait trancher. Cette pratique n'était plus beaucoup utilisée et l'assesseur était assez surpris que le jeune Tâargrien ait requis ce type de jugement.

Il tenta de rassurer les deux hommes en leur précisant que cela faisait plus de cent trente ans qu'il n'y avait pas eu de combat à mort, car fréquemment le vainqueur s'estimait satisfait lorsque le vaincu rendait les armes au premier sang.

- Néanmoins si le prince souhaite un combat à mort il est en droit de l'exiger ? questionna Rliostem en regardant Klosteran d'un air entendu.

- En théorie oui, mais je ne pense pas qu'il le fasse. Ajouta l'homme de loi.

- Eh bien moi, je n'en serais pas si sûr. Pressentit Klosteran

Le prince Sertime se présenta une heure plus tard, accompagné d'une dizaine de gardes imposants, dont Milpars.

- On vient de me prévenir. On peut dire que vous avez le chic pour vous mettre dans le pétrin. À peine arrivé en ville, vous vous êtes déjà fait un ennemi mortel avec le fils du plus important personnage du royaume, après le roi. Je savais que j'aurais dû vous convaincre de rester avec moi, au moins quelques jours. Attaqua aussitôt le prince marchand, l'air contrarié.

- Merci d'être venu, Prince, nous vous sommes redevables, répondit Rliostem.

- Nous ne sommes pas à l'origine de ce différend. Le jeune homme et son cousin étaient soûls et nous ont provoqués chez votre tailleur tenta de justifier Klosteran

- Oh, je connais l'histoire ! répondit Sertime. Elle a fait le tour de la ville avec des variantes quelque peu fantaisistes.

Le gâalanais leur expliqua que l'affaire était d'importance, car le roi était impliqué et que le bruit courait que des messagers avaient été envoyés vers le duché Tâardian pour avertir le seigneur Ravokâan. Mâaspec craignait que celui-ci ne profite de l'occasion pour venir à Port Gâal avec une force armée et, en ces temps de situation politique fragile, tente de faire pression pour l'obliger à marier sa fille avec Tâargrien. Sans le savoir, les deux ildarans étaient devenus le catalyseur d'une situation complexe qui menaçait la stabilité du royaume.

- Eh bien si nous avions pu nous douter que se rendre chez un tailleur pouvait menacer le royaume, nous serions restés habillés plus simplement, sourit Klosteran.

- Ne prenez pas la situation à la légère. S'agaça Sertime, d'un air grave. Si je suis venu avec des gardes, c'est que l'on pourrait bien tenter d'attenter à votre vie, car votre disparition arrangerait beaucoup de monde. Ma présence et celle de ma garde devraient les dissuader, car je représente la guilde du commerce et s'attaquer à moi entraînerait un remous politique que même les opposants du roi Mâaspec ne souhaitent pas.

- Monseigneur, nous avons de la visite, intervint le chef de la garde de Sertime.

Une vingtaine de soldats aux couleurs des Tâardian encerclaient le poste de garde. Un homme qui semblait les commander s'avança lentement vers le poste sans intention agressive apparente.

- Je souhaite parler au prince Sertime, lança-t-il d'une voix forte et assurée.

- Milpars, va voir ce qu'il veut, mais aucune provocation, nous ne sommes pas ici pour déclencher un conflit entre les Tâardian et la guilde et je pense qu'eux non plus. Émit le marchand.

Le chef des gardes de Sertime s'entretint quelques instants avec le capitaine des Tâardian puis revint faire son rapport.

Il semblait que le risque d'assassinat ait été également envisagé par les Tâardian qui tenaient absolument au jugement du cercle et ces hommes avaient été envoyés, par le représentant du duc en ville, pour s'assurer que les deux étrangers arrivent sains et saufs chez le prince.

- Tu penses que l'on peut leur faire confiance ? s'enquit Sertime

- Je connais leur capitaine de réputation, c'est un homme intègre qui est le véritable chef de la garde du duc Ravokâan Tâardian. Assura Milpars.

Celui-ci savait que l'officier était à Port Gâal pour surveiller Tâargrien et qu'il ne trahirait pas sa parole. S'il assurait être ici pour les escorter jusqu'au palais, il n'y avait aucune raison de mettre en doute sa parole, mais Milpars le soupçonnait d'avoir également comme mission de s'assurer que les protégés du marchand ne quittent pas la ville.

- Bien, dans ce cas, ne traînons pas ici, inutile d'attirer plus l'attention. Rliostem, Klosteran, vous monterez directement dans ma voiture qui est devant la porte et je me placerai au milieu de vous deux. Milpars, informe ce capitaine que nous faisons mouvement, qu'il n'y ait aucune méprise. Ordonna Sertime.

- Vous ne pensez pas que c'est un peu exagéré, s'étonna Rliostem.

- Un surcroît de précautions ne nuit pas, mais sachez que si vous étiez tués, la guilde serait dans l'obligation de répondre à l'agression et cela entraînerait un chaos qui pourrait déstabiliser l'équilibre fragile entre plusieurs forces du royaume. Cela pourrait même déclencher une guerre civile entre différentes factions. Exprima le prince, d'un ton solennel.

- Tout ça pour un costume ! lâcha Klosteran en haussant les épaules d'un air désabusé.

Les deux ildarans prirent néanmoins l'avertissement au sérieux et activèrent leur bouclier *Horlzson* au minimum, suffisamment, néanmoins, pour stopper une flèche ou un coup d'épée, mais en évitant que l'irisation ne soit perceptible. Heureusement la sortie du poste se fit en pleine lumière et les reflets du bouclier furent masqués par le lumineux soleil de Polona, accentué par les reflets bleutés de l'anneau planétaire qui offrait une vue surnaturelle. Prenons ça comme un bon augure, pensa Klosteran.

Le trajet dans Port Gâal, jusqu'au palais de Sertime, se déroula sans encombre. Soit que les inquiétudes du prince aient été surévaluées, ou que l'imposante escorte des deux influents personnages ait découragé toute attaque.

Rliostem et Klosteran furent rapidement conduits dans une grande bâtisse, demeure du prince lorsqu'il résidait dans la capitale du royaume. Ce fut l'occasion pour eux de se détendre et de se restaurer : les trois hommes se retrouvèrent autour un buffet de nourritures et de boissons pour préparer les combats du lendemain.

Les deux ildarans en profitèrent pour rassurer leur hôte en affichant leur pleine confiance sur l'issue des duels. Sertime les avait vu combattre, mais les mit en garde sur les subtilités du jugement du cercle qui autorisaient à se faire représenter. Il insista surtout sur l'importance de la famille Tâardian qui avait à son service des guerriers expérimentés.

Ce qui contrariait un peu les deux hommes, c'est que le rite imposait un habit court sans aucun ornement et cela leur interdirait de porter leur ceinture intégrant le générateur de bouclier *Horlzson*. Rliostem et Klosteran restaient cependant confiants, car, même sans bouclier, ils doutaient qu'un natif de Polona puisse les vaincre. Ils étaient améliorés aux Nanocrytes de combat et avaient reçu l'entraînement militaire de la garde Verakin.

*

Dans le système solaire, le répit offert à Paul fut de courte durée, car l'IA du Squirs Prime le réveilla à 4 h du matin.

- J'AI UN APPEL DE MON HOMOLOGUE DE LA BASE AUSTRALIENNE, LE COMMANDANT FLORILIUS S'ETONNE DE NE PLUS AVOIR DE NOUVELLE DE CORVIN.

- Réponds-lui que tous les squirs sont concentrés sur une chasse mentale et qu'ils ne doivent pas être dérangés pendant les prochains jours. Cela devrait le faire patienter un peu. On avisera demain matin avec Sarian. Répliqua l'adolescent, ne sachant pas trop quoi fournir comme explication sur le silence du Squir. Il va falloir préparer une liste d'excuses plus plausibles, pensa-t-il.

Florilius ne crut pas une seule seconde à la version fournie par l'IA du vaisseau, mais il était loin de se douter que la flotte était passée sous le contrôle des rebelles Verakin. Il soupçonnait plutôt que le squir cherche à s'attribuer l'intégralité de la capture d'Ishar Verakin et marginalisait, à dessein, l'équipe australienne. Une attitude qui, au fond, ne lui déplaisait pas trop, compte tenu de l'évolution plutôt négative de la situation. La traque s'éternisait et l'empereur allait vraisemblablement s'impatienter et envoyer une autre flotte et Florilius ne tenait pas tellement à être associé à l'échec probable de Corvin.

La courte conversation n'avait pas réveillé Stéphanie qui dormait près du jeune homme et Paul pût se recoucher, en observant le sommeil de sa compagne. Il ne réussit néanmoins pas à se rendormir en songeant à l'avenir. Qu'allait-elle décider s'il quittait la planète ? Où allait-il devoir s'exiler avec les ildarans ? Que penser des propos de l'émissaire des Al-Heoxyrians ? Reverrait-il ses parents adoptifs ? Trop de questions sans réponse pour un jeune homme de dix-huit ans qui passa ainsi le reste de la nuit à ressasser, en boucle, les mêmes interrogations.

Le lendemain matin, après le petit-déjeuner, Sarian souhaita faire un point avec Paul et ses hommes.

- Nous allons devoir quitter cette planète. Nous n'avons que quelques jours avant que l'empereur n'envoie d'autres impériaux aux nouvelles, si ce n'est déjà fait, et il nous faut profiter de contrôler cette flotte pour s'éclipser. Inutile de les perdre dans un affrontement perdu d'avance. Exprima l'homme.

- Je partage ton avis, mais où penses-tu aller ? interrogea Darin

- Nous pourrions nous rendre dans la bordure et chercher à construire une nouvelle base à l'écart. Proposa Sarian, qui avait déjà réfléchi au sujet.

- C'est quoi la bordure ? demanda Paul.

Oria lui expliqua qu'il s'agissait d'une zone peu explorée au-delà du bras Sagittaire-Carène, non loin du vide entre les galaxies, où l'on trouvait surtout des contrebandiers et des pirates installés sur des lunes désertiques et inhospitalières. Il n'y avait aucune planète habitable répertoriée par Ildaran et donc peu de navires de guerre impériaux.

- On pourrait essayer de trouver un système et y installer une base temporaire, proposa le chef des gardes de Paul.

- Nous irions sur une planète désertique où il faudrait tout recommencer de zéro ? Ici au moins il y a déjà des installations. Objecta le jeune homme qui ne se voyait pas vivre dans une cabane dans un désert inhospitalier.

- Avec les éléments de cette base et surtout les minifabs du porte-croiseur, on pourrait construire une ville complète en moins de six mois. Sourit Darin devant la mine dépitée de Paul.

La difficulté allait être de déménager à l'insu des impériaux et des autorités françaises, car aucun croiseur ne pouvait se poser : ils étaient trop gros pour passer inaperçu, même de nuit. Les glisseurs étaient la seule option : ils pourraient atterrir près de l'entrée principale, charger le matériel indispensable et effectuer plusieurs rotations avec le vaisseau. Mais il allait falloir surveiller les impériaux en Australie, car ils chercheraient certainement à connaître la raison de ces va-et-vient et même si Sarian ne craignait pas l'équipe au sol, les systèmes d'armes installées sur la lune étaient une menace à prendre très au sérieux.

- On ne peut pas faire une attaque préventive sur leur base ? proposa Paul.

- Non, ils sont comme nous, protégés par un écran *Horlzson*. Si nous les attaquions avec de l'armement lourd, ce sera une violation de la Charte. Imagine un cratère de trois ou quatre kilomètres de diamètre en plein centre de l'Australie éructant des radiations dures. Pas très discret… D'autant que les systèmes de défense installés sur la lune sont autonomes et toute attaque de la base terrestre déclencherait une riposte automatique. Répliqua Darin.

- Oui c'est sûr que ça ne passerait pas inaperçu …, sourit Paul, imaginant la réaction des gouvernements face à un affrontement de cette ampleur. Et quelles sont leurs capacités offensives ?

- Demande à l'IA du Squirs Prime, elle doit avoir reçu les données de l'IA de la base impériale, intervint Telius, intéressé, lui aussi par l'information.

Paul relaya la demande à travers le système holocom.

- La base impériale terrestre dispose d'une plateforme de tir sur la face cachée de la lune comprenant deux cents disques-torpilles planétaires à distorsion. Il y a également huit plateformes mobiles réparties sur l'orbite de Jupiter pour faire face à un assaut depuis l'extérieur et une plateforme sur l'un des satellites de Neptune. Cette dernière a déjà tiré seize torpilles

ET IL LUI EN RESTE TRENTE-DEUX, répondit l'IA sur les communications de la salle tactique.

- Donc le plus menaçant c'est l'installation sur la lune, car les plateformes mobiles peuvent être évitées avec un bâtiment naviguant à 0,6c. De plus lorsque nous serons à proximité du porte-croiseurs, nous bénéficierons de ses dispositifs de défense. Exposa Telius.

- Cela signifie qu'il nous faut neutraliser la plateforme lunaire, le plus rapidement possible, avant qu'elle ne bascule en état de défense. Affirma Darin

- IA, la base lunaire est-elle sous champ anti-saut quantique ? demanda Sarian au Squirs Prime.

- EN DEHORS DES PERIODES D'ALERTE, NON. IL N'Y A AUCUN ECRAN DE PROTECTION DEPLOYE EN PERMANENCE. LES PROCEDURES PREVOIENT L'ACTIVATION DES CHAMPS DE NEUTRALISATION ET DES BOUCLIERS HORLZSON DES L'EMERGENCE D'UN BATIMENT DANS LE SYSTEME, MAIS L'ALERTE A ETE LEVEE PEU APRES L'ARRIVEE DU PORTE-CROISEURS, IDENTIFIE COMME UN NAVIRE DE L'EMPIRE.

- Dans ce cas, il ne faut pas traîner. Nous devons détruire les unités de contrôle de tirs en priorité sinon nous sommes coincés ici. La difficulté va être d'investir la base, car je suppose qu'elle est entièrement automatique et capable de résister à une attaque depuis l'espace. Formula Sarian.

- EFFECTIVEMENT, LA CONSIGNE DU CALCULATEUR DE DEFENSE EST D'INTERDIRE L'ENTREE DE QUICONQUE SUR LE SITE, SANS UN CODE D'ACCES DONT NE DISPOSE PAS L'IA DE LA BASE AUSTRALIENNE.

Il était donc temps d'élaborer minutieusement une tactique d'assaut de la base lunaire.

Les ildarans se firent transmettre le plan complet du système planétaire de défense et commencèrent à étudier les différentes options. L'IA du porte-croiseur avait analysé les plans du site, mais n'avait trouvé aucune faille dans le système de protection de la base lunaire.

Impossible d'opter pour un combat frontal face à un système de défense conçu pour contrer des dizaines de vaisseaux de guerre. Toute intrusion par saut quantique déclenchait le verrouillage et l'intervention des androïdes de combat. Une attaque au sol ferait de gros dégâts et serait assurément repérée par la base australienne. D'autant plus que neutraliser le champ de défense nécessiterait un bombardement massif depuis l'orbite, incompatible avec la discrétion vis-à-vis des terriens.

Leur seule option restait donc d'avoir recours au talent de Paul pour transiter directement au sol, protégé par un champ furtif, et rester indétectables aux senseurs ildarans. De cette manière un petit groupe pourrait s'introduire à l'intérieur du site et tenter de neutraliser les systèmes de défense. Mais il fallait encore parvenir à s'approcher suffisamment de la base avec un vaisseau et leurrer l'IA lunaire afin qu'elle tolère la présence d'un navire en orbite.

Le petit commando pourrait ensuite rester sous la protection des champs furtifs *Horlzson*, toute la durée de l'opération.

- Cela limite notre intervention à trente minutes maximum sur place. Nota Vira.

- C'est court pour neutraliser le calculateur de combat d'une plateforme de cette importance, fit remarquer Telius, qui était l'expert en cybernétique du groupe.

- Nous n'avons pas d'autres alternatives de toute façon, il faut tenter le coup. Au pire nous nous retirerons sans avoir désactivé les systèmes de défense et tenterons l'opération une seconde fois. Entérina Sarian.

Tout le groupe se prépara minutieusement à investir la plateforme automatique de la lune et L'IA du Squirs Prime transmit les schémas du calculateur de combat, permettant à Telius de préparer des programmes de neutralisation et les détails des secteurs à saboter.

Plusieurs simulations furent minutieusement étudiées afin de tester la validité de l'intervention en trente minutes et la préparation prit le reste de la journée. Les deux jeunes filles se sentaient exclues et en étaient réduites à regarder les actualités sur les écrans de la base. Paul percevait clairement la gêne de Stéphanie à son égard, ce qui le mettait de mauvaise humeur, et la tension et les sentiments contradictoires se lisaient sur son visage.

Oria et Sarian avaient également remarqué l'attitude de la jeune fille et s'attendaient à devoir gérer des problèmes sentimentaux dans les heures à venir. Quant à Mélanie, son humeur était toujours aussi exécrable, mais elle s'isolait la plupart du temps, accroissant l'angoisse de Stéphanie qui se retrouvait alors seule.

Le réel moment de détente était le dîner, où tous se retrouvaient pour échanger des banalités. Stéphanie était ensuite ravie de pouvoir rester avec son amant dans la chambre qui leur avait été attribuée. Cependant ce soir, même sa présence ne suffisait pas à l'apaiser, car elle avait compris, pendant le repas, qu'une action d'envergure se préparait et qu'il y avait un risque majeur pour le groupe et pour Paul en particulier.

*

En Australie, le commandant Florilius, commençait à s'impatienter de ne plus avoir de nouvelles directes de Corvin et pensait expédier une demande d'instructions directement à ses supérieurs. Ce qui le retenait encore, c'était la crainte de se mettre à dos les psykans.

C'est dans ce contexte d'incertitudes et de tensions qu'une nouvelle sonde messagère émergea au large du système solaire. Elle transmit son message et se mit en veille, en attendant la réponse. Florilius accusa immédiatement réception du message et naturellement chercha, une fois de plus, à entrer en contact avec Corvin.

Cette fois-ci le groupe de Paul était dans une impasse, car toute tergiversation était inutile. La sonde attendait le rapport du capitaine squir et l'IA de l'aviso ne pouvait pas se substituer au chef de la garde spéciale de l'empereur. Sarian craignait, maintenant, que le commandant de la base australienne ne mette le système solaire en alerte, ce qui bloquerait totalement toute tentative de fuite du vaisseau en orbite.

L'IA du Squirs Prime estimait à 0,00087% leur chance d'échapper à un tir de torpilles planétaires lancées depuis la lune tant qu'ils ne seraient pas à une distance d'au moins trois milliards de kilomètres des systèmes d'armes. Il devenait indispensable de neutraliser la station installée sur le satellite naturel de la petite planète bleue.

*

Chapitre 2

Rliostem et Klosteran passèrent la matinée du lendemain à se préparer au jugement du cercle. La soirée de la veille avait été détendue et Sertime leur avait fait les honneurs de son palais. Le raffinement de la nourriture et de la décoration était conforme au personnage et ravissait les deux hommes. Le prince marchand semblait néanmoins inquiet et s'en ouvrit à ses protégés lorsqu'il revint en fin de matinée.

- Mes espions m'ont informé que deux hommes du duc Tâardian sont arrivés cette nuit et ils ont la réputation d'être de redoutables guerriers. D'après mes sources ces hommes sont originaires d'une lointaine région et pratiquent des méthodes de combat peu communes. Précisa le marchand.

- Comme vous l'avez constaté, nous ne sommes pas non plus sans ressources dans ce domaine. Tenta de le rassurer Klosteran.

La conversation se poursuivit sur le même sujet et après une légère collation, il fut temps de se diriger vers le bâtiment abritant le cercle de la justice. Tous purent constater que les hommes du duc surveillaient la demeure de Sertime et ils les escortèrent, à distance, jusqu'à leur destination.

Une foule impressionnante était déjà installée dans les gradins qui surplombaient l'arène centrale, car la nouvelle des duels, dans le cercle de la justice, avait fait le tour de la ville et l'identité des contradicteurs avait accru l'intérêt du spectacle. L'assesseur qui avait accepté le jugement les attendait au centre de l'arène, près d'un cercle d'environ dix mètres de diamètre, délimité par une simple peinture blanche. Six gardes armés étaient répartis à bonne distance de la limite, surélevés sur des estrades en pierre. L'assesseur leur expliqua que tout duelliste qui franchirait le cercle sans l'autorisation serait automatiquement abattu.

- Messieurs, vous avez accepté le jugement du cercle, les combats vont pouvoir commencer. Le jeune Tâargrien Tâardian, et son cousin, qui exigent réparation, seront représentés par leurs champions respectifs que voici. Annonça l'homme en leur présentant deux individus, pas spécialement impressionnants.

Les deux hommes semblaient avoir une petite trentaine d'années locales, assurément des guerriers à leur façon de se mouvoir, mais d'une taille légèrement inférieure à la moyenne locale. Ils étaient plus proches, physiquement, de Rliostem et de Klosteran que de Sertime. Les deux ildarans s'étaient attendus à devoir affronter de véritables colosses locaux alors qu'ils avaient affaire à des combattants, vraisemblablement très aguerris, mais tout à fait à leur portée, surtout avec leurs améliorations aux Nanocrytes de combat.

Les quatre adversaires avaient revêtu une tunique blanche très simple qui interdisait toute dissimulation d'armes ou d'accessoires. Les hommes des Tâardian avaient choisi de combattre au sabre et naturellement Rliostem et Klosteran avaient choisi d'utiliser les lames offertes par le prince Sertime. Le tirage au sort avait sélectionné Rliostem pour le premier duel et il allait affronter un homme roux, champion du cousin de Tâargrien. Rliostem s'apprêtait à entrer dans le cercle lorsque Klosteran l'arrêta soudainement.

- Ton adversaire ! Il a une lame en corodrium !

- Quoi ? Mais c'est impossible ! D'après les premiers relevés, il n'y a pas de minerai de corodria sur Polona. C'est probablement pour cette raison que les contrebandiers se sont installés sur la septième planète. Jura Rliostem.

- Eh bien, tu pourras demander à ton adversaire d'où lui vient son sabre, car c'est indiscutablement du corodrium. Répliqua Klosteran, catégorique.

- Cela ne va pas me simplifier le travail, car ma lame ne va jamais résister. Au premier assaut direct, il va la briser net. Je dois éviter toute attaque frontale, mais, heureusement, j'ai l'avantage de la vitesse. Affirma son ami.

- Fais attention tout de même, il a l'air agile ce bonhomme. S'inquiéta Klosteran en observant les déplacements félins du représentant des Tâardian.

- Messieurs, il est temps d'affronter votre jugement, leur rappela l'assesseur.

Les deux hommes se placèrent dans le cercle et l'assesseur donna le signal du début du combat.

Rliostem se retrouva face à un homme d'environ 1,82m, sans un poil de graisse qui n'affichait visiblement aucune crainte sur l'issue du combat. Son assurance avait quelque chose d'un peu provocateur d'autant que Rliostem était d'un gabarit identique et que sa stature aurait dû lui valoir, au moins, un peu d'attention de la part d'un adversaire engagé dans un duel mortel.

L'homme roux se mit en garde un peu nonchalamment, le sabre droit face à lui, dans une position typiquement gâalanaise. Il cherchait naturellement à ce que Rliostem l'attaque frontalement pour parer de côté et lui assener un coup susceptible de briser sa lame.

Rliostem prit une garde défensive, sabre levé, parallèle au corps et en faisant face à son adversaire de trois quarts. Cette position, typique des arts martiaux japonais, mit instantanément en alerte l'homme roux qui sembla comprendre que quelque chose n'allait pas. La garde de Rliostem ne correspondait pas aux styles enseignés à Port Gâal, mais son hésitation fut néanmoins de courte durée et il chargea soudain à une telle vitesse qu'il faillit surprendre l'ildaran. Ce dernier ne dut qu'à ses Nanocrytes de niveau six de ne pas être décapité par la lame de corodrium. L'homme était amélioré ! Et avec un pack de niveau cinq au moins !

La surprise faillit être fatale à Rliostem, mais son calme revint instantanément et il dévia le sabre de son adversaire d'un léger touché de lame qui ne risquait pas de briser son arme. La surprise changea soudainement de camp, car l'homme venait de comprendre, lui aussi, qu'il avait affaire un à adversaire amélioré aux Nanocrytes de combat, peut-être même plus rapide que lui : de quoi rééquilibrer l'avantage de sa lame en corodrium. Les minutes suivantes furent une succession de passes et d'assauts où l'un cherchait un engagement direct, alors que l'autre feintait pour éviter de briser son sabre. Les vitesses de déplacement et d'engagements provoquaient des exclamations dans la foule des spectateurs. Jamais personne n'avait vu de tels combattants.

À l'extérieur du cercle, le champion de Tâargrien Tâardian s'approcha lentement de Klosteran, paumes ouvertes, sans geste pouvant être interprété comme hostile.

- Puis-je vous parler, messires ? fit-il avec un léger accent démontrant qu'il n'était pas originaire du royaume.

- Allez-y. que voulez-vous ? accepta Klosteran, sur la défensive.

- Simplement savoir comment des polonians peuvent être améliorés aux Nanocrytes de combat. Pack six, si je ne me trompe ? avança l'homme, d'un ton assuré.

- Il semble que vous ne soyez pas originaire de la région, vous non plus. Continua prudemment Klosteran, en langue ildarane.

- J'ai compris que vous n'étiez pas natif de cette planète lorsque j'ai vu la garde adoptée par votre ami. Cela ne pouvait signifier qu'une chose : c'est qu'il avait reconnu le corodrium et comme il n'y en a pas ici… avança l'homme. Baliran ajouta-t-il en se présentant avec un signe de politesse, typiquement ildaran.

- Klosteran. Des compatriotes sur une planète perdue, c'est plutôt inattendu. Rétorqua l'ildaran, surprit de trouver des contrebandiers au sol. Il n'imaginait, en effet, pas un instant que ces deux hommes ne soient pas liés, de près ou de loin, à l'activité détectée sur la septième planète.

- Comment êtes-vous arrivé ? C'est Marvio qui vous a abandonné ici ? l'interrogea Baliran.

- Qui est Marvio ? s'enquit Klosteran.

- Vous ne venez pas de Polie ? s'étonna le contrebandier.

- Polie ?

- La septième planète de ce système rétorqua Baliran, soupçonneux.

- Non. Lâcha laconiquement Klosteran.

- Vous avez un vaisseau pour quitter cette planète ! s'exclama l'homme soudain très excité.

- Possible. Répondit prudemment Klosteran.

- Alors il faut arrêter ce combat ridicule. Il se tourna en direction du cercle de justice. Larsen, ce sont des compatriotes de l'empire. Cria-t-il à son compère, en ildaran.

L'utilisation de la langue des Initiés fit, de nouveau, son petit effet, car l'assesseur fit instantanément cesser le combat pour en savoir plus. Cela permit aux quatre hommes de se rapprocher et de commencer à échanger entre eux.

Le fils du duc et son cousin arrivèrent rapidement et exigèrent que leurs hommes reprennent le combat afin de laver leur honneur, mais les dénommés Baliran et Larsen leur expliquèrent que, dans leur pays, leur religion interdisait de combattre les natifs de la même région. Ils devaient donc se trouver d'autres champions. Le jeune Tâargrien explosa de colère, mais il n'osait pas ordonner à ses gardes de châtier ces insolents, devant la foule disposée autour du cercle de justice, car le prétexte religieux était pris au sérieux dans cette société fortement empreinte de croyances. L'assesseur intervint une nouvelle fois pour ordonner que les combats soient ajournés afin de laisser le temps à Tâargrien et à son cousin de trouver d'autres champions. Il fixa la date du combat à la dizaine suivante.

Rliostem et Klosteran réussirent à convaincre rapidement le marchand que leurs adversaires étaient en réalité des habitants de leur région et devenaient, de facto, des alliés. Au fond d'eux, ils n'en étaient pas aussi sûrs, mais ils pensaient préférable de garder un contact étroit avec ces deux individus améliorés et probablement en communication avec les contrebandiers installés sur la septième planète.

Tout le monde retourna donc dans le palais de Sertime et les informations fournies par Baliran et Larsen redonnèrent le moral à Rliostem et Klosteran.

*

Chapitre 3

Le groupe de Paul était enfin prêt à donner l'assaut à la base impériale, sur la Lune. Sarian et ses hommes se firent transporter à bord du Squirs Prime grâce aux nouvelles facultés de l'adolescent, afin d'éviter toute détection par la base australienne. Oria avait préparé des tablettes énergétiques prévoyant que Paul aurait à forcer son talent et que ses Nanocrytes médicales allaient devoir compenser cet excès d'efforts.

À peine arrivé à bord, Paul ordonna au vaisseau de mettre le cap en direction du satellite terrestre, distant d'un peu plus de trois cent mille kilomètres.

Le départ du petit aviso impérial fut naturellement enregistré par l'IA de la base australienne qui réveilla Florilius. Celui-ci dormait, car c'était le milieu de la nuit de l'autre côté de la planète et il tenta aussitôt de contacter le capitaine squir. L'absence de réponse commençait à l'inquiéter et cette fois-ci il se mit en relation avec la sonde messagère encore en orbite au large de Pluton en attente d'une réponse de Corvin.

La communication fut interceptée par le Squirs Prime et Sarian décida qu'il fallait intervenir afin de tenter d'obtenir un répit supplémentaire. Les hommes de Corvin étaient maintenus prisonniers à bord et Sarian demanda à Darin d'aller chercher Niir, le second du capitaine décédé. Il lui proposa un marché : si l'homme acceptait de rassurer Florilius et envoyait un message à la sonde de la part de Corvin, ses hommes et lui seraient saufs et déposés sur Terre au moment de leur départ. Ils pourraient ensuite rejoindre la base en Australie, par leurs propres moyens. Malheureusement, comme Sarian le craignait, la loyauté du commando envers l'Empereur était totale et il refusa tout net, préférant mourir avec ses hommes.

Oria suggéra que Paul tente de le contrôler mentalement malgré la complexité de l'opération : le renforcement de son talent de psykan par les joyaux des Al-Heoxyrians devrait lui permettre de le maîtriser psychiquement. C'était la première fois que l'adolescent allait se connecter psychiquement à un esprit humain pour en prendre le contrôle, car jusqu'ici il s'était contenté de fermer son esprit aux attaques des Squirs et de communiquer avec l'ildarane. L'expérience avec l'IA allait être utile, mais Oria se préparait à l'assister, car la prise de contrôle d'un psykan entraîné était extrêmement délicate et Paul n'avait pratiquement aucune formation.

Ils accordèrent leurs esprits et la jeune femme le guida habilement pour amorcer l'assaut de l'esprit du second de Corvin. Mais celui-ci avait anticipé la tentative et la première approche, servant de test, fut un échec. L'homme était un excellent psykan et, sans le renfort de ses pierres qui avaient pris l'allure de feu de Bengale sous l'effort, Paul ne serait même jamais parvenu à trouver un angle d'attaque face à cette puissante muraille défensive. Le squir se permit un sourire sarcastique.

- Si vous croyez que vous allez pouvoir vaincre mes défenses, vous vous trompez lourdement. Nous avons subi un entraînement long et douloureux, mais aucun psykan n'a jamais percé les protections d'un squir, siffla-t-il menaçant.

Paul se contenta de l'observer avec calme et sans animosité, lui laissant penser qu'il y parviendrait tout de même. Avant même la force brute, comme dans tout combat, la volonté et la certitude de vaincre se travaillait au moral et, pour le moment, le squir était trop arrogant et sûr de lui. Il fallait absolument que Paul parvienne à entamer sa confiance pour affaiblir sa résistance. Oria s'était retirée de la connexion psychique, mais observait attentivement le prisonnier. La présence de l'ildarane irritait le commando et cela donnerait peut-être un point d'ancrage à Paul pour ses futurs assauts.

Le garçon tenta une autre attaque et, sans surprise, Niir résista fermement. Il avait érigé une véritable muraille mentale, mais il s'agissait là d'un combat de force brute et Paul lança son esprit à l'assaut de la barrière dressée par le Squir. Au bout de plusieurs minutes, ou ce qui sembla des minutes à Paul, l'adolescent n'était toujours pas parvenu à vaincre les défenses du psykan, mais il avait perçu des sortes de fluctuation dans la défense de son ennemi. Le garçon intensifia encore sa pression sur son adversaire et sentit la barrière s'affaiblir légèrement, mais il était encore loin de l'avoir fait plier et il commençait, lui aussi, à ressentir la fatigue.

Niir était un excellent psykan et parvenir à en prendre le contrôle n'était pas chose facile. Il aurait été plus simple de le tuer, même à l'aide d'une injonction mentale, car prendre l'ascendant sur un esprit doté de pouvoirs psychiques de ce niveau, requérait beaucoup d'habileté et de patience. Paul savait néanmoins que les minutes étaient comptées et qu'il lui fallait faire vite, même si la perception du temps était très différente dans le monde virtuel, façonné par l'esprit d'un autre.

Le garçon savait que s'il s'arrêtait maintenant, tout serait à recommencer, car l'ildaran aurait le temps de reconstituer ses forces. Il était amélioré aux Nanocrytes de type six et il régénérerait son organisme beaucoup plus vite que lui. L'adolescent tenta donc d'intensifier encore son attaque malgré la fatigue et alla puiser dans les ressources de ses modifications génétiques amorcées trente-quatre mille années auparavant dans sa famille. Sa puissance psychique s'accrut encore et Paul commença à percevoir la peur dans l'esprit de son adversaire. Il pilonnait psychiquement le squir qui avait pris une teinte cadavérique. Le combat invisible marquait les corps des deux adversaires et Paul transpirait abondamment sous l'effort. Soudain la barrière mentale du squir se fissura.

L'esprit de Niir était chargé de souvenirs, de combats et de règles militaires. Pas étonnant qu'il n'ait pas fait allégeance à Sarian : il n'avait d'autres souhaits que de servir son maître. Il accompagnait

Corvin depuis plus de douze ans lorsque Kera Seravon avait décidé de constituer une unité d'élite s'appuyant sur des psykans et ils avaient suivi une formation complète, tant physique que mentale. À travers la connexion mentale, Paul revivait les entraînements, les privations, les souffrances et les blessures acceptés toujours au nom de l'empereur.

Paul prit enfin le contrôle total du squir. Il revint dans le monde réel en conservant une concentration totale afin de maintenir son emprise sur le commando de l'empereur, car même vaincu, il percevait encore sa résistance. À la moindre faiblesse, ce dernier retrouverait son contrôle, ce qui serait catastrophique en pleine communication avec Florilius.

Le membre des forces spéciales impériales avait transpiré abondamment sous l'effort et Darin lui passa un peu d'eau sur le visage afin de lui redonner une apparence normale. Sarian en profita pour briefer Paul sur la nature du message à transmettre et se plaça à l'écart de la prise de vues holocom.

Lorsque l'allure de Niir fut à peu près satisfaisante, une communication fut établie avec Florilius.

- Commandant Florilius, vous avez demandé à parler au capitaine Corvin ? commença Niir, d'un ton assuré.

- C'est exact, vous êtes son second, je crois ? fit Florilius, surprit de ne pas être en communication avec le capitaine.

- Oui, je suis le lieutenant Niir et j'ai en charge temporairement le commandement, car le capitaine Corvin a été sérieusement blessé lors d'un échange avec les insurgés.

- Et pourquoi n'en ai-je pas été informé, lieutenant Niir ? répliqua Florilius d'un ton sec.

- Les squirs n'ont aucun compte à vous rendre commandant Florilius. Je vous rappelle que vos instructions stipulent que vous nous devez une obéissance absolue et non l'inverse, ne l'oubliez pas ! répliqua sèchement l'homme sous le contrôle de Paul.

À l'écart du champ holocom, Sarian lui fit un signe, pouce levé, signifiant son approbation sur le ton des répliques du squir.

- Il n'était pas question de remettre en cause la chaîne de commandement, lieutenant. Simplement d'être averti de la santé du capitaine Corvin. Réfuta Florilius, contrarié. Est-il visible ? Le commandant impérial acceptait difficilement d'être traité de la sorte par un membre de la sécurité intérieure de l'empereur, mais il ne pouvait pas s'opposer frontalement à ce petit lieutenant arrogant.

- Il est sous sédatif, protégé par une résille Kries après un échange mental particulièrement violent avec deux psykans que nous avons éliminés. Concéda Niir, toujours sous le contrôle de Paul qui suivait les instructions de Sarian. Le garçon commençait à fatiguer et il sentait le squir tenter de reprendre le contrôle. Il fallait faire vite et il le fit comprendre à Sarian avec un geste sans équivoque, passant sa main à plat sous son menton, signifiant : couper la communication.

- Parfait. Faites-moi savoir s'il y a des évolutions lieutenant. Il semble, par ailleurs, que la sonde messagère de l'empereur attende votre rapport d'après mon IA ? reprit l'impérial.

- Je suis en train de le rédiger et je le transmettrai dès la fin de notre conversation, lâcha le squir avec une légère hésitation, signe de la résistance du commando.

- Très bien. Dans ce cas, je ne vais pas vous retarder plus. Uniquement, bien sûr, avec l'objectif de coordonner nos actions : puis-je savoir pourquoi votre appareil a quitté l'orbite terrestre ? questionna insidieusement Florilius.

L'impérial restait méfiant, mais Sarian avait déjà préparé une réponse pour justifier le déplacement du navire.

- Nous allons coordonner l'arrivée de plusieurs de nos croiseurs afin de ratisser plus efficacement le lieu présumé de la base des rebelles, transmit Niir, semblant encore hésiter. En fait, Paul commençait à perdre le contrôle et avait de plus en plus de difficulté à lui imposer sa volonté.

- Hum… fit Florilius, nullement convaincu par l'explication oiseuse de son interlocuteur. Il ne cherchait même pas à masquer ses doutes. Nous restons à votre disposition si vous avez besoin des ressources de la base, longue vie à Kera 1er.

- Longue vie à Kera 1er ! Je vous tiendrai informé de l'évolution de l'état de Corvin, Florilius. Conclut Niir, toujours sous l'emprise de Paul.

La communication fut coupée et Paul relâcha aussitôt son emprise. Le squir délivré rugit de rage et de colère, comme un fauve sortant de sa cage, mais Telius et Darin avaient anticipé une réaction violente et le menaçaient de leur pulseur, ce qui accrut encore la fureur du commando. Il semblait moins fatigué que Paul et ses Nanocrytes allaient vite le remettre sur pied. Sarian espérait que Paul ne soit pas obligé de recommencer cette expérience trop rapidement, car l'adolescent avait un besoin vital de récupérer.

Les ildarans avaient préparé un rapport et, dès l'échange terminé avec Florilius, Sarian le transmit à la sonde. Celle-ci quitta le système aussitôt après réception.

Le groupe de Paul avait obtenu un nouveau sursis. La sonde pourrait faire son rapport et rien, dans les informations transmises, ne laissait penser que le commando ait pu échouer ou que la flotte était maintenant sous le contrôle des fidèles des Verakin. Florilius soupçonnait certainement quelque chose, mais aucune preuve tangible ne lui permettait d'outrepasser ses ordres directs.

Il restait maintenant à neutraliser la plateforme lunaire puis à déménager la base de Dordogne.

Paul semblait épuisé par le combat mental qu'il avait mené contre le squir et il était également sous le choc des informations glanées dans le cerveau du commando des forces impériales. Kera 1er avait bien choisi sa garde personnelle, il s'agissait de psykans puissants et bien formés.

Sarian ne perdait pas de vue les priorités et souhaitait déménager le maximum d'équipements pouvant servir à la construction d'une nouvelle base dans la bordure, car il était vraisemblable qu'ils doivent s'installer sur une planète isolée avec peu de ressources. Même avec les équipements du porte-croiseurs, tout élément de confort serait le bienvenu et depuis dix-sept années terrestres, ils avaient accumulé beaucoup de choses. Et il y avait, bien sûr, la cave de Darin… Les éléments les plus importants de la base pourraient être transbordés à l'aide des glisseurs antigrav.

L'IA du Squirs Prime avait ordonné à trois croiseurs de pénétrer à l'intérieur du système et de se rapprocher de la Terre. Les trois appareils pourraient, si nécessaire, couvrir leur départ s'ils ne réussissaient pas à prendre le contrôle de la plateforme lunaire, mais il faudrait environ une quinzaine d'heures aux navires, à vitesse maximum, pour rallier l'orbite de la terre et l'équipe de Sarian devrait, si possible, neutraliser la base lunaire dans l'intervalle.

La base australienne avait naturellement détecté l'arrivée des puissants vaisseaux de guerre et Sarian s'attendait à devoir convaincre Florilius qu'il s'agissait d'un débarquement pour attaquer le repaire des Verakin. Si ses explications ne prenaient pas, dans le pire des cas, la disproportion des forces en présence devrait dissuader le commandant impérial de tenter quoi que ce soit, tant que des renforts ne seraient pas arrivés.

*

Sur Polona, la situation était calme depuis la décision de reporter le jugement d'une dizaine. Les Tâardian avaient largement le temps de faire venir de nouveaux champions de la capitale de leur duché et cela laissait également la possibilité à Rliostem et Klosteran de faire le point avec leurs nouveaux amis.

C'est comme cela qu'ils apprirent que la base de la septième planète comptait environ deux mille résidents. Des mineurs pour la plupart, mais également d'anciens gardes des Verakin qui avaient fui la répression lancée par les Seravon après la chute du père de Paul. De nombreux anciens gardes loyalistes avaient rejoint des réseaux de contrebandiers et la plupart s'étaient installés dans la bordure, loin des routes commerciales de l'Empire. D'après Baliran cette installation minière était la seule dans un rayon de mille années-lumière, ce qui garantissait une large tranquillité d'exploitation.

- Combien d'anciens gardes Verakin y a-t-il dans cette base ? demanda Klosteran.

- Nous sommes à peu près cent cinquante, répondit Larsen

- Cela fait une belle petite équipe, s'extasia Rliostem.

- En effet, mais nous dépendons du dénommé Marvio. C'est le chef de la base et également un influent membre de la guilde des contrebandiers. Précisa Baliran.

Larsen reprit en expliquant que les anciens Verakin auraient pu facilement se rendre maîtres de l'installation, mais que c'eut été se mettre à dos la guilde qui aurait aussitôt mis leurs têtes à prix et les aurait traqués dans toute la galaxie. Ils avaient d'ailleurs été avertis que si une situation de ce genre se produisait cela remettrait en cause l'arrangement avec les loyalistes et porterait préjudice à tous les anciens gardes disséminés dans les différentes stations de la bordure.

- Ils sont malins. Malgré votre supériorité militaire, vous êtes dépendant de la guilde. Et comment vous êtes-vous retrouvés sur Polona ? s'enquit Klosteran.

C'est Larsen qui leur raconta comment ils avaient eu une altercation avec le second de Marvio. Celui-ci s'en était sorti avec les bras cassés et deux côtes fêlées et ils avaient été condamnés à un exil de trois ans sur la planète. Comme le contrebandier contrôlait tous les transports spatiaux, ils n'avaient aucun moyen de s'échapper et avaient dû s'adapter à la vie locale. Pour d'anciens militaires : quoi de plus naturel, sur une planète médiévale, que de devenir mercenaire.

Au moment du départ, des amis avaient réussi à leur faire passer des sabres en corodrium, mais pas de boucliers Horlzson. Les deux ildarans supposaient que Marvio eût préféré les éliminer, mais qu'il avait certainement craint une révolte de leurs amis et que leur exil lui était plus profitable à court terme.

- Nous restons cependant vigilants, car il est bien capable d'envoyer quelqu'un pour nous tuer lorsque nous approcherons de la date programmée de notre retour. Ajouta Larsen.

- Et que s'est-il passé depuis la chute des Verakin ? demanda presque avidement Klosteran.

- Oh ! Vous ignorez ce qui est intervenu depuis la mort de l'Empereur ? L'ancien garde désignait encore le père de Paul comme l'Empereur, sous-entendant que, pour lui, Kera 1er était un imposteur. C'était plutôt bon signe. Mais dans quelle région de l'espace étiez-vous pour rester ignorant des nouvelles de l'Empire ? Même ici dans ce bras spiral nous recevons régulièrement des informations par les barges de transport de corodrium. Larsen les regardait avec un étonnement réel comme s'ils sortaient d'hibernation.

- Nous sommes restés isolés sur une planète, sans moyen de communication, et n'avons pu nous échapper que récemment, sourit Rliostem, ne souhaitant pas entrer dans les détails.

- Et bien vous deviez vraiment être dans un coin perdu ! s'exclama Baliran d'un air sidéré. À voir son étonnement, on avait l'impression d'avoir raté l'explosion de la dernière super nova.

Malgré leur surprise, les deux anciens gardes résumèrent rapidement les évènements marquants les dernières années, depuis la chute de la maison Verakin. Après le putsch sur Ildaran Prime orchestré par le clan Seravon, soutenu par les Malezari et probablement une autre famille restée dans l'ombre, Kera 1er avait demandé à toute la garde impériale de faire allégeance. Moins de dix pour cent des anciens gardes Verakin acceptèrent, car cela voulait dire la déchéance à plus ou moins long terme. Tous devinaient que les Seravon ne feraient jamais confiance à des convertis. La majorité des anciens gardes qui le purent s'enfuirent dans tous les transports possibles, mais pratiquement aucun ne venait d'Ildaran Prime, car la flotte Seravon avait fait un blocus total du système mère et vraisemblablement tué tous les gardes sur la planète. Larsen et Baliran n'avaient d'ailleurs jamais croisé personne proche de la garde de l'ancien Empereur.

Les Seravon avaient repris en main la planète capitale en moins d'une semaine et la carence du pouvoir avait été suffisamment courte pour ne pas trop perturber le fonctionnement de l'Empire. Puis la vie avait repris ses droits assez vite et, si de nombreuses planètes regrettaient l'ancien empereur, les affaires politiques étaient correctement gérées même si Kera 1er passait pour être plutôt brutal.

- À votre avis, combien d'anciens gardes impériaux sont répartis dans la bordure ? questionna Rliostem, très intéressé par cette information.

- Difficile à affirmer, mais probablement plusieurs milliers. S'avança Baliran. Nous sommes cent cinquante, rien que dans cette base. De toute façon, cela n'a plus d'importance maintenant que tous les Verakin sont morts, ajouta-t-il, d'un air résigné.

- Et si je vous annonçais qu'ils n'ont pas tous été tués ? lança Rliostem d'un air sérieux.

- Je ne vous croirais pas, car il était impossible à un vaisseau de quitter Ildaran Prime. De plus, Ikon Seravon, le frère cadet du nouvel empereur, a indiqué que tous les membres de la famille Verakin avaient trouvé la mort lors de l'assaut du palais. Rétorqua Larsen sans espoir.

- Et moi, je vous affirme qu'il y a un héritier vivant. Je l'ai quitté il y a moins d'une semaine. Affirma Klosteran le plus sérieusement possible.

- Mais comment ? Demanda incrédule, l'ancien garde impérial. Son ton trahissait un faible espoir que Klosteran puisse dire vrai.

Les deux hommes de Sarian commencèrent ainsi à leur narrer leur aventure depuis leur fuite d'Ildaran Prime et l'humeur de Baliran et de Larsen s'améliorait au fur et à mesure que leurs interlocuteurs leur relataient comment ils avaient protégé Ishar pendant ces longues années sur une planète non répertoriée par l'empire. Comment ils avaient finalement été découverts ainsi que la ruse employée pour laisser penser que l'héritier s'était échappé dans un aviso furtif.

Les deux ex-contrebandiers s'imaginaient déjà repartir à la conquête du trône pour l'héritier Verakin et retrouver leur position dans la nouvelle garde impériale. D'un seul coup, leur avenir s'éclaircissait. Ils étaient passés d'une situation d'exilés sur une planète moyenâgeuse à de futurs héros pourfendant l'imposteur d'Ildaran Prime. Leurs espoirs furent à peine douchés par les difficultés restant à affronter, et en particulier sur l'extraction d'Ishar de la planète assiégée par une flotte de combat.

- Il faut retourner dans ce système chercher notre empereur légitime ! S'enflammait déjà Baliran.

- Oui, il ne faut pas perdre un instant. Ensuite, nous irons dans la bordure rassembler des troupes fidèles. Verakin Ildaran Frîîkr ! renchérit Larsen.

La discussion s'engagea, car les ex-contrebandiers souhaitaient partir immédiatement pour retrouver leur empereur. Ils étaient visiblement ravis d'apprendre qu'un héritier Verakin vivait encore, mais ils avaient encore un doute sur la véracité des dires de Klosteran et Rliostem. Voir Ishar en chair et en os devenait un impératif qui ne souffrait d'aucun délai.

Malgré le fait que la Terre soit sous blocus impérial et qu'ils ne disposaient que d'un petit aviso faiblement armé, les deux mercenaires voulaient tenter l'opération. Ils considéraient cela comme un devoir.

- Il faut quand même être conscient que notre furtivité a des limites. Nous pouvons atteindre la planète, mais l'autonomie des condensateurs Kin en mode furtif ne permet pas de faire un aller-retour depuis un point de saut. Cela nous rend trop vulnérables, face à une flotte de guerre. Objecta Klosteran

- Retournons malgré tout dans ce système. S'il y a une opportunité, il ne faut pas la manquer. Nous pouvons rester dissimulés en attendant une occasion. Ici nous ne pouvons pas aider notre empereur. Insista encore Baliran, qui refusait de se résigner à la passivité, quels que soient les risques.

Klosteran et Rliostem étaient plutôt favorables de se rendre dans la bordure, car, s'ils avaient envisagé de se servir de Polona comme d'une base arrière, ils pensaient pouvoir trouver des alliés dans cette zone hors du contrôle de l'empire.

- Si vous pénétrez dans la bordure sans aucune monnaie d'échange, votre navire sera abattu ou, au mieux, abordé et confisqué par la guilde des contrebandiers. Affirma Baliran, avec assurance.

- Baliran a raison. Si vous voulez des alliés, il est préférable qu'Ishar Verakin soit avec vous, cela crédibilisera votre démarche. Sinon c'est peine perdue. Certains anciens gardes Verakin vous soutiendront peut-être, mais ils n'ont aucune arme ni aucun vaisseau. C'est la guilde qui dirige la bordure. Il faut venir avec une proposition solide et seul l'empereur peut attirer leur attention et éviter que le vaisseau ne soit confisqué. Argumenta Larsen avec beaucoup de conviction.

L'argumentation finit de convaincre les deux hommes de Sarian qui acceptèrent finalement de retourner à bord du Randor pour aller chercher Ishar Verakin.

Il restait néanmoins un petit détail à régler, car ils allaient devoir quitter Port Gâal malgré l'injonction de l'assesseur de justice. Outre le prince marchand, qui avait donné sa parole en garantie, il était vraisemblable que les Tâardian aient fait surveiller le palais de Sertime et ne soient pas disposés à les laisser quitter la ville.

Mais il fallait auparavant en discuter avec le marchand. Sans surprise, dès qu'ils lui eurent expliqué leur projet de rejoindre des amis à eux, celui-ci ne fut pas ravi à l'idée de les voir partir et encore moins à leur faciliter la sortie de la ville. Tout naturellement, il s'inquiétait de savoir si ses hôtes reviendraient bien la dizaine suivante, car, à travers lui, c'était la guilde qui s'était portée caution pour qu'ils soient présents pour les duels qui devaient les opposer aux nouveaux champions des Tâardian. Après que Rliostem et Klosteran l'eurent rassuré sur ce point, en engageant leur honneur, il ne fallut heureusement pas trop longtemps pour que le prince marchand accepte de leur confier des okorox et quelques gardes pour retourner près de l'endroit où ils s'étaient rencontrés.

Sertime ne comprenait pas leurs motivations, mais quelque chose de puissant, quoiqu'inconscient, lui dictait de les aider. S'il avait été plus attentif, peut-être aurait-il remarqué qu'une des pierres de son sabre brillait plus que d'ordinaire. Un minuscule diamant bleu gris, incrusté dans le manche de son arme d'apparat avait étincelé puissamment jusqu'à ce qu'il accepte d'épauler les ildarans.

C'est ainsi que les quatre anciens gardes Verakin, accompagnés d'une dizaine d'hommes du prince marchand, sortirent de la ville, dissimulés dans un chariot de transport incorporé à une caravane qui partait vers l'est. Dès qu'ils furent hors de vue des remparts de Port Gâal, le groupe quitta discrètement le convoi et piqua vers le sud, en direction du vaisseau. Il leur fallut moins de deux heures, à vive allure, pour rejoindre un lieu isolé au bord de l'océan. La nuit était tombée depuis une heure et les quatre hommes allaient pouvoir s'éclipser sans crainte que le Randor ne soit aperçu par des habitants, malgré le clair d'anneau.

Rliostem demanda aux gardes de repartir avec les okorox, comme convenu avec le prince marchand. Ceux-ci, comme Sertime, ne comprenaient absolument pas pourquoi des hommes, visiblement saint d'esprit, souhaitaient rester seuls, sans monture, sur une plage déserte, mais ils obéirent aux instructions de leur maître.

Dès qu'ils furent hors de vue, Rliostem s'assura, à l'aide de drones de surveillance, qu'il n'y avait pas âme qui vive à plusieurs kilomètres à ronde et appela l'IA du Randor. Celle-ci répondit à la première sollicitation, car elle recevait en parallèle toutes les informations des deux drones positionnés à deux cents mètres d'altitude au-dessus d'eux. Le vaisseau s'éveilla doucement et quitta lentement le fond de l'océan pour se diriger vers la côte. Lorsque la profondeur de l'eau fut insuffisante pour dissimuler l'appareil, l'IA activa le champ furtif et fit décoller le Randor et le posa sur la plage. En réalité, l'aviso ne reposait pas réellement sur le sable, mais sur ses plaques antigrav et ne laissait donc aucune trace au sol. L'appareil, dissimulé par son champ d'occultation, était totalement invisible aux yeux des trois hommes. Tout juste pouvait-on distinguer une faible irisation liée aux reflets du soleil sur l'anneau de Polona.

Il leur fallait être prudents, car ils ne pouvaient prendre le risque d'être repérés par les senseurs des contrebandiers qui devaient toujours se demander comment leurs torpilles avaient été détruites et ils avaient probablement déployé des drones de surveillance en orbite.

L'IA les guida à l'aveugle vers le sas du vaisseau qui redevint visible dès qu'ils eurent franchi la limite du champ furtif. À peine étaient-ils montés à bord que le petit appareil décollait en direction de la périphérie du système.

Comme à l'aller, ils ne pouvaient pas naviguer à pleine vitesse, car ils n'avaient pas assez d'énergie pour atteindre un point de saut sans ravitailler. Activer le filet de captage, trop près de la base de la guilde, risquait de déclencher l'envoi du navire de combat et il était préférable de rester dissimulé et de croiser à mi-vitesse. Ils prirent donc leur mal en patience et profitèrent de ce délai pour s'informer mutuellement.

Les deux ex-contrebandiers leur décrivirent les particularités de la planète Polona, découverte par la guilde dix années auparavant. Polona était la seconde planète de ce système stellaire éclairé par une naine jaune, mais ce qui avait frappé les techniciens de la guilde, c'est qu'après analyse, la position des planètes ne semblait pas refléter un ordonnancement naturel. Plusieurs scientifiques avaient cherché à calculer le poids total du système, mais Polona ne semblait pas avoir de masse.

- C'est impossible ! Tout corps céleste possède une masse et c'est aussi ce qui lui permet de rester en orbite autour de l'étoile. Objecta Rliostem.

- Si c'était le cas, l'IA du Randor nous aurait avertis, renchéri Klosteran.

- À moins que … Souviens-toi Rliostem, lorsque nous sommes arrivés en orbite, l'IA nous a indiqué enregistrer un parasitage des senseurs qu'elle attribuait à l'anneau. Se remémorait l'ildaran.

- Je vous le confirme, les scientifiques de la guilde ne sont pas parvenus à mesurer la masse de Polona et ce n'est pas la seule bizarrerie de cette planète. Continua Larsen.

L'ancien contrebandier relata comment les scientifiques avaient essayé de prélever de la matière dans l'anneau, car ils pensaient avoir découvert des particules de carbone. Malgré tous leurs efforts, toutes les tentatives avaient échoué, car les rayons tracteurs, à gravité dirigée, ne parvenaient pas à extraire la moindre molécule provenant de cet anneau. Les scientifiques avaient donc essayé de prélever de la matière à l'aide de bras robot, mais tout ce qui avait été en contact avec l'anneau s'était volatilisé. Un glisseur avait même totalement disparu en effectuant une fausse manœuvre qui l'avait amené à percuter l'anneau.

Aucune théorie n'avait pu résoudre cette énigme et la guilde avait fini par faire cesser les expériences, au grand dam des scientifiques. Mais pour les contrebandiers, l'exploitation des mines de minerai de corodria primait la recherche, surtout si celle-ci ne débouchait pas sur des profits immédiats. Une singularité astronomique passionnait peut-être les scientifiques, mais ne remplirait pas les caisses de la guilde et l'abord de la planète avait été interdit à tous les vaisseaux, sauf cas d'extrême nécessité.

- C'est pour ça que les croiseurs ne se sont pas mis en orbite pour nous traquer. Comprit Klosteran, qui venait enfin d'avoir la réponse à une des questions qui le taraudait depuis leur arrivée.

Les deux ex-contrebandiers avaient également découvert d'autres anomalies sur Polona. Par la force des choses, ils avaient eu le temps d'apprendre d'étonnantes informations sur cette planète. Rliostem et Klosteran écoutaient leurs interlocuteurs avec une curiosité non dissimulée et ils n'étaient pas au bout de leurs surprises.

D'après Larsen et Baliran, le développement de la société poloniane semblait s'être figé depuis plusieurs milliers d'années. En interrogeant la population, les deux hommes avaient ainsi appris que le niveau technologique n'avait pas du tout évolué depuis des dizaines de générations et cela ne semblait surprendre personne. Aucune innovation pendant des millénaires, cela ne s'était jamais vu sur aucune planète habitée par des humains !

Et il y avait aussi d'étranges rumeurs concernant une communauté religieuse vivant dans le centre du continent principal. Les deux anciens gardes n'avaient jamais pu s'y rendre, car aucun polonian n'avait accepté de leur indiquer le chemin et encore moins de les y conduire. Les autochtones prêtaient à cette communauté des pouvoirs de guérisons et de contrôle de la matière. Comme il s'agissait de rumeurs véhiculées de bouches à oreilles, il était impossible de distinguer la réalité des délires imaginatifs de paysans naïfs, mais il devait bien y avoir une part de vérité dans ces racontars.

Après une période de discussion intense sur les hypothèses les plus folles pouvant être à l'origine de ces phénomènes, la fatigue se fit sentir et tous allèrent se reposer dans des cabines séparées. Il leur restait de nombreuses heures avant d'atteindre un point de saut et l'IA pilotait le navire, rendant leur présence éveillée totalement inutile.

Le temps s'écoula tranquillement, alterné entre des périodes de repos et d'observation du système de Polona qui demeurait mystérieux. Les contrebandiers semblaient par contre très actifs, car le Randor avait déjà détecté deux transports de minerai ayant transité depuis leur appareillage.

Il fallut soixante heures au Randor pour atteindre la périphérie du système, sans déconnecter sa protection furtive. Il ne leur restait plus assez d'énergie pour activer la propulsion Randarion et ils durent se résoudre à déployer les filets de captage de particules de matière noire. Quelques minutes plus tard, l'IA annonça que deux appareils venaient d'appareiller de la septième planète et fonçaient vers eux à 0.3c. Il leur faudrait presque douze heures pour les rejoindre, car le petit aviso se trouvait intentionnellement près d'un point de saut à l'opposé de Polie. Les deux croiseurs devraient donc atteindre le point de saut le plus proche puis transiter vers le Randor. Comme il n'y avait pas de plateforme mobile à proximité, cela laissait largement le temps au petit navire pour convertir assez matière noire en énergie. Après une dizaine d'heures de captage, la réserve d'énergie Kin était suffisante pour une transition de deux cents AL.

L'IA de bord calcula un saut de cent dix années-lumière, distance suffisante pour perdre d'éventuels poursuivants. L'IA avait transité dans une zone peuplée de nombreux petits trous noirs, car en général ces régions étaient propices au captage de matière noire qui s'y trouvait en grande quantité.

Une théorie voulait que les trous noirs stellaires soient le résultat d'une très forte concentration de matières noires qui s'effondraient sur elle-même. Ne pas confondre avec les trous noirs galactiques super massifs, situés au centre des galaxies, qui étaient le résultat d'agrégation de petits trous noirs créés au moment du big bang et qui avaient ensuite fusionné sous la force de l'attraction gravitationnelle. De fait, la matière noire était effectivement présente en forte concentration dans cette région de l'espace et cela permit au Randor de déployer ses filets de captage et recharger plus rapidement ses condensateurs.

L'opération prit moins de trois heures et l'appareil programma ensuite une route en direction du système solaire. Ils eurent besoin de quatre autres sauts pour parcourir la distance restante jusqu'au système solarien et émergèrent au milieu d'une situation de confusion totale. Les alarmes de l'aviso hurlèrent devant la débauche de disques torpilles et de contre-mesures électroniques qui grouillaient dans le système, à moins de deux cents millions de kilomètres de leur point d'émergence. C'était le chaos et ni Rliostem ni Klosteran ne comprenaient rien aux forces en présence.

*

Chapitre 4

Plusieurs heures auparavant, le Squirs Prime s'était mis en orbite autour de la lune. Toute l'équipe de Sarian avait répété inlassablement les opérations depuis la salle de simulation et chacun connaissait parfaitement son rôle.

Les champs furtifs individuels permettraient de rester totalement indétectables aux senseurs pendant trente minutes durant lesquelles il faudrait neutraliser les calculateurs de tirs de la station. Paul et les cinq hommes se tenaient sur la passerelle du petit appareil impérial et l'adolescent se concentra sur le déplacement.

Paul ne connaissait pas le lieu de destination et dut projeter son esprit pour visualiser un point de saut. La distance était plus importante que les fois précédentes et cela exigea une intense concentration. Les joyaux, autour de sa tête, étincelaient de mille feux et aveuglaient presque les cinq ildarans, légèrement inquiets. Personne ne comprenait d'où provenait l'énergie nécessaire à la transition ni le procédé utilisé qui ne laissait aucune trace décelable dans la structure de l'espace.

Soudain, ils furent tous à l'intérieur de la base lunaire, exactement comme avec un transfert quantique. Paul avait réussi ! Il semblait épuisé et Sarian lui fit avaler une barre revitalisante, car ses talents devraient de nouveau être mis à contribution pour le retour. Chacun retenait son souffle, de crainte d'avoir été repéré, mais apparemment les champs furtifs fonctionnaient parfaitement et aucune alarme ne s'était déclenchée. Paul suivit Sarian et Darin, qui se dirigèrent vers le centre de commandes principal pendant que Vira et Xionnes se rendaient aux silos de lancement des disques-torpilles, où se trouvaient les calculateurs de combats.

Sarian espérait qu'il soit possible de détruire les commandes avant que l'IA n'enclenche l'alerte automatique, mais rien n'était assuré. Darin commença à démonter soigneusement le panneau d'accès aux organes de contrôles lorsqu'un androïde entra dans la salle des commandes et balaya la salle avec ses capteurs, à la recherche du moindre indice suspect. Apparemment, l'IA avait dû détecter quelque chose d'anormal, mais rien de bien tangible puisqu'elle n'avait pas enclenché d'alarme.

L'androïde se focalisa sur le panneau partiellement déverrouillé et se dirigea vers Darin. Celui-ci n'eut que le temps de s'écarter pour ne pas être percuté par la machine semi-pensante. Celle-ci stoppa devant le panneau et commença à le revisser tout en scrutant la pièce dans tous les sens. Soudain, un ronronnement se fit entendre et Sarian comprit immédiatement que le champ anti-saut avait été activé.

L'IA ne devait pas comprendre comment le panneau avait pu s'ouvrir et en avait déduit qu'il y avait probablement une intrusion. Comme elle ne détectait rien, la logique de la machine intelligente l'avait conduit à mettre la base en état d'alerte. À partir de maintenant, rien de pourrait s'approcher sans être détruit et le Squirs Prime risquait même de servir de cible, s'il restait sur son orbite actuelle. L'androïde termina sa tâche et repartit par la même voie, non sans avoir, de nouveau, scruté attentivement la salle de commandes.

- Si l'aviso doit s'éloigner, nous serons coincés ici, murmura Sarian à Darin et à Paul.

- Il reste encore Xionnes et Vira, espérons qu'ils pourront neutraliser les systèmes de tirs, répondit Darin

- Avec la base en état d'alerte, ça m'étonnerait, soupira Sarian.

- Il faut ordonner aux croiseurs qui arrivent de s'éloigner sinon l'IA risque de les engager, s'alarma Xionnes.

- Pas sûr. Ils sont identifiés comme appareils impériaux. S'ils restent loin de la lune, cela devrait aller. Le souci, c'est que nous n'allons plus pouvoir déménager la base. Jura Sarian.

- Et si j'essayais de prendre le contrôle de l'IA, après tout cela a fonctionné avec celle du Squirs Prime. Suggéra Paul.

- Tu penses que tu peux faire cela ? Questionna Sarian.

- Je n'en sais rien, mais, de toute façon, les options me semblent limitées non ? rétorqua l'adolescent.

- Prépare-toi quand même à nous transférer à bord du Squirs Prime si tu échoues. En espérant que l'IA n'en déduise pas que l'attaque vient de notre appareil. Ajouta Darin.

- Je reçois un message sur mes neurotransmetteurs : l'IA de la base lunaire demande au Squirs Prime de rester en orbite tant que l'alerte n'est pas levée et un message vient d'être expédié à la base australienne. Paul si tu veux tenter ta chance, c'est maintenant, car Florilius va déclencher l'alarme dès qu'il prendra connaissance de cette information. Assura Sarian.

Malgré sa fatigue, l'adolescent se concentra et commença à sentir les gemmes autour de sa tête qui s'échauffaient. La sensation devenait maintenant familière, mais les pulsations des diamants l'inquiétaient un peu, car il avait l'impression, dans ces moments-là, qu'ils étaient vivants et cela ne le rassurait pas de savoir que des organismes inconnus étaient incrustés dans son crâne.

La perception de son environnement se modifia instantanément et il commença à ressentir les canaux d'interaction de l'IA. Il percevait le réseau de liens organiques connectés à des milliers de modules cybernétiques. Il intensifia sa concentration et remonta lentement les flux de données qui retournaient au centre de décision de la machine semi-pensante. Comme avec l'IA du Squirs Prime, Paul perçut une sorte de crainte lorsqu'il arriva à proximité du cœur de la machine, composé de milliards de neurones artificiels, et il se concentra pour attaquer immédiatement le centre de décision.

Il eut l'impression de pénétrer dans un univers à la fois simple et complexe. Ici aucune pensée désordonnée ou erratique comme dans l'esprit d'un humain. Tout était focalisé sur la défense du système solaire et des systèmes d'armes. Paul ressentait presque physiquement les connections avec les senseurs longue portée de la plateforme lunaire et les lanceurs de disque-torpilles. Les échanges électriques entre les neurones artificiels étaient plus intenses que ceux d'un cerveau humain et aucun psykan n'avait jamais pu accorder son esprit sur celui d'un calculateur quantique organo-piloté. La machine ne disposait donc d'aucune protection contre le pouvoir psychique de Paul.

La prise de contrôle de cette IA fut néanmoins plus facile que celle de l'aviso. Le centre intelligent de cette unité de contrôle était plus rustique que celui d'un vaisseau spatial et Paul n'eut aucune difficulté à isoler la masse neurale des centres de commandes électroniques. Il ne s'agissait d'ailleurs pas d'une prise de contrôle, à proprement parler, mais l'objectif était atteint : Paul avait désamorcé les commandes de tirs des deux cents disques-torpilles planétaires.

- C'est déconnecté, on ne risque plus rien. Annonça fièrement l'adolescent, en se tournant vers les ildarans.

- Excellent ! Si j'avais su que c'était si rapide, nous aurions commencé par là. Nous pouvons couper nos champs furtifs ? souffla Sarian, soulagé.

- En principe oui. Mais j'ignore s'il n'y a pas d'alarmes automatiques qui ne passent pas par le centre de contrôle de l'IA. Alerta le garçon, l'air fatigué.

- Bon, le mieux est que tu nous ramènes à bord de l'aviso et que l'on commence le déménagement, proposa Darin.

- Il serait préférable que vous déconnectiez physiquement les interfaces entre les parties neuronale et électronique de l'IA, on ne sait jamais. Les avertis Paul.

- OK, on s'en occupe. Acquiesça Sarian, tout en transmettant ses instructions via ses neurotransmetteurs. Que te faudrait-il pour que tu puisses contrôler la partie électronique ?

- Je ne sais pas, mais si vous pouviez la coupler avec l'IA du Squir Prime, je pourrais lui donner des instructions depuis le vaisseau. Suggéra Paul, qui avait la tête qui lui tournait.

- Bonne idée. Vira, tu peux faire cela ? transmit Sarian.

- Il me faut environ deux heures, mais il va falloir désactiver les champs furtifs, répondit l'homme qui se trouvait maintenant à proximité des silos de torpilles.

- Dans ce cas, retrouvons-nous dans la salle de commande où je pourrais déconnecter toutes les alarmes, communiqua Darin.

Toute l'équipe se rendit dans la salle de contrôle de la base lunaire et Vira commença à hacker les calculateurs électroniques. Le travail prit finalement plus de trois heures, mais il s'estimait satisfait. Paul n'était pas mécontent de ce répit, car la déconnexion de l'IA juste après un saut de plusieurs milliers de kilomètres l'avait épuisé. Ce délai, plus l'apport de tablettes revitalisantes lui avait permis de récupérer suffisamment pour ramener tout le monde à bord de l'aviso rapide.

- Paul, peux-tu faire un test depuis l'IA du Squir Prime ? demanda Sarian

Le jeune homme transmit à l'aviso l'ordre de désactiver les systèmes de visées de toutes les torpilles stationnées sur la lune et le calculateur s'exécuta aussitôt.

- Pour le moment, cela fonctionne. Reste à espérer que la distance n'altérera pas l'asservissement. Souhaita Paul.

- En principe, cela ne devrait pas poser de souci, car j'ai shunté les circuits de commande de l'IA locale pour lui substituer ceux de l'IA du Squir Prime. Ce sera moins efficace, mais plus sûr. Lui assura Vira.

- Parfait fit Sarian, l'air satisfait. À l'origine, notre objectif était de neutraliser totalement les systèmes de tirs. Maintenant, nous en avons le contrôle et même avec certaines limitations, cela change la donne si l'Empire envoie une seconde flotte, car deux cents disques-torpilles planétaires, cela fait une sacrée capacité défensive. Paul ? Peux-tu ordonner au vaisseau de nous ramener en orbite terrestre que nous puissions commencer le déménagement de la base ?

Le petit aviso rapide accéléra aussitôt en direction de la planète bleue et le trajet se déroula dans un calme olympien, chacun repensant à leur dernière opération. L'appareil se mit en orbite et coupa sa propulsion. Il restait à revenir à la base de Dordogne et les talents de Paul furent, à nouveau, mis à contribution.

Le garçon commençait à maîtriser ses nouveaux pouvoirs et la transition, des trois hommes et lui-même, fut immédiate, presque sans avoir à se concentrer sur le lieu de destination.

*

Dans la base australienne, Florilius ne comprenait plus rien. La station lunaire avait déclenché l'alerte et bouclé le système avant de tout annuler. Le vaisseau de commandement des Squirs avait quitté la Lune peu après, sans qu'aucun transfert ni vol de glisseur n'ait été enregistré. Parallèlement, trois croiseurs étaient entrés dans le système et avaient déjà franchi l'orbite d'Uranus. Ils seraient en orbite terrestre dans six heures.

Florilius essaya de nouveau de prendre contact avec le vaisseau de Corvin, mais l'IA de bord lui répondit que les squirs étaient trop occupés à préparer l'assaut de la base rebelle pour accepter la communication.

- IA, prépare une sonde messagère. Je veux envoyer un message à la marine spatiale, finit par décider, le commandant impérial.

- SONDE PRETE A ENREGISTRER.

- Base de commandement de la marine spatiale ildarane sur planète Terre, commandant Florilius. Je suis face à une situation qui demande clarification. Commando squirs en opération dans le système, impossibilité de se coordonner, le leader du groupe semble gravement blessé, demande instructions claires. Commandant Florilius terminé.

- ENREGISTREMENT CODE ET SECURISE. DESTINATION ?

- Expédie là vers Wooratoo II, c'est la base militaire la plus proche.

- SONDE ENVOYEE COMMANDANT

*

Le lancement de la sonde messagère fut naturellement détecté par les senseurs du Squir Prime et il aurait été facile de l'intercepter, mais Sarian ne voulait pas abattre ses cartes trop tôt et laissa le frêle engin gagner lentement la périphérie du système solaire.

- Bien, maintenant nous avons deux options : soit tout déménager d'ici deux jours et quitter aussi vite que possible ce système, soit détruire la sonde avant qu'elle ne transite. Souligna Darin.

- De toute façon, il est très vraisemblable qu'une seconde flotte soit déjà en route et cela ne changera pas grand-chose de la laisser transiter. Si nous la détruisons maintenant, cela va compliquer nos relations avec la base australienne. Il est préférable qu'ils nous laissent en paix pour le moment, non ? fit remarquer Paul

- Bien Paul ! Tu commences à devenir un vrai stratège, sourit Sarian. Ishar a raison : laissons là transiter, Florilius restera dans le doute et ne bougera pas tant que nous ne nous serons pas dévoilés. Occupons-nous du déménagement au plus vite.

L'aviso s'immobilisa en pleine nuit à quelques mètres de la plus grande entrée de la grotte souterraine. L'approche avait été délicate, car la taille du vaisseau n'en faisait pas un appareil aisément dissimulable dans le ciel français, même de nuit. Heureusement, le temps était très nuageux et le petit croissant de lune n'éclairait pratiquement rien et le Squirs Prime put rester en sustentation à moins d'un mètre du sol.

Le volet artificiel recouvert de roches et de végétation qui masquait l'ouverture de plus de cinq mètres de diamètre s'ouvrit pour laisser passer le glisseur furtif chargé d'acheminer le matériel à bord du petit aviso rapide.

L'IA du Squirs Prime avait littéralement saupoudré plus de cent drones de surveillance sur vingt kilomètres de rayon autour de la base et le moindre promeneur pédestre, véhicule en mouvement et, bien entendu, appareil volant, était surveillé méticuleusement. Hors de question de soulever une nouvelle vague médiatique sur les extraterrestres. Si des promeneurs nocturnes avaient la mauvaise idée de venir randonner dans ce coin isolé et difficile d'accès, Oria et Paul se tenaient prêts à les neutraliser en douceur.

Les équipes au sol avaient terminé d'emballer le matériel et le chargement commença immédiatement à l'aide du glisseur antigrav. Il allait falloir bientôt déconnecter l'IA afin de la charger à bord, mais Sarian préférait attendre l'arrivée des trois croiseurs pour prendre le relais de la détection, car il ne pouvait pas basculer le contrôle des senseurs orbitaux sur l'IA du Squirs Prime ni se priver de cette ressource. La base impériale australienne était sous surveillance constante, car le chef des Ildarans ne souhaitait pas voir apparaître, à l'improviste, un glisseur de combat au beau milieu de son déménagement.

Sarian aperçut Darin au milieu des containers de transport, l'air inquiet.

- Tu t'inquiètes pour ton vin ? Lui lança-t-il, goguenard, le sourire aux lèvres.

- Ne te moque pas. Tu seras bien content de boire une bonne bouteille lorsque nous serons dans l'espace. Rétorqua Darin d'un air narquois.

Le transbordement dans le vaisseau avançait rapidement, mais le jour allait se lever prochainement et personne ne souhaitait être repéré par des terriens. Les caisses de Darin avaient été arrimées avec le reste des containers et l'homme scrutait l'appareil d'un air soupçonneux. Dès que la soute fut refermée, le navire prit l'air pour se positionner en orbite pendant que la relève de l'équipe, qui avait œuvré une bonne partie de la nuit, continuait l'empaquetage des derniers objets à emporter. Il faudrait attendre la nuit suivante pour terminer le déménagement et quitter la planète. Paul et Oria allèrent se reposer ce qui n'arrangea pas le moral de Stéphanie qui n'avait pas passé un instant seule, avec son amant, depuis plus de vingt heures.

Les croiseurs de combats seraient en orbite d'ici une heure, mais ils ne pourraient malheureusement pas utiliser les glisseurs avant la nuit prochaine : trop de risques d'être aperçu par les habitants de la région, car Sarian craignait déjà que les gros navires soient observés visuellement depuis le sol.

Florilius n'avait pas cherché à recontacter Corvin et cela inquiétait plutôt l'ildaran. Ce dernier aurait préféré un harcèlement régulier plutôt que de devoir attendre que le commandant de la base australienne prenne une initiative inattendue.

La matinée se déroula sans problème et pratiquement tout ce qui pouvait être démonté avait été préparé et rassemblé près de la porte principale. Avec le contrôle d'un porte-croiseurs de plus de quatre-vingt-dix millions de tonnes, Sarian envisageait l'avenir plus sereinement qu'avec un simple aviso faiblement armé et aux capacités de transport limitées. Il n'était plus nécessaire de tout déménager, car les systèmes-usines du grand vaisseau pourraient leur fabriquer à peu près tout, dès l'instant qu'ils auraient accès à des matières premières.

Le côté humain semblait plus complexe à gérer et le déjeuner du midi avait été un peu tendu pour l'héritier Verakin. Stéphanie ne savait plus où elle en était, car son attachement envers Paul était contrarié par la crainte de le voir changer. Son nouveau statut d'héritier de l'Empire d'Ildaran l'avait fait mûrir et les aspirations du garçon ne cadraient déjà plus avec le petit univers feutré, imaginé jusqu'ici par la jeune fille. Elle était également effrayée par les joyaux incrustés dans le crâne de son compagnon, sans parler de ses parents qui lui manquaient énormément. Tout se mélangeait dans sa tête et elle ne s'imaginait pas, non plus, parcourir les étoiles à la recherche d'une planète habitable et encore moins de se retrouver sur un caillou inhospitalier pendant plusieurs années.

Les deux jeunes gens avaient eu une longue conversation, après le déjeuner, et Stéphanie avait finalement décidé de ne pas suivre Paul, tout en lui promettant d'attendre son retour. L'adolescent savait ce que valait une telle promesse dans la durée et la décision de son amie l'avait considérablement affecté. Ajouté à la perte d'Alex, son moral était au plus bas et même Oria ne semblait pas pouvoir le réconforter.

Mélanie restait toujours silencieuse comme si la mort de son amant avait inhibé sa hargne. Elle affichait une attitude résolue, un visage fermé, mais n'avait pas discuté de l'avenir avec qui que ce soit. Même Stéphanie, qui avait tenté de parler avec elle, avait été éconduite. Pour tout le monde, il semblait cependant évident qu'elle attendait d'être libérée pour tenter de reprendre une vie normale et oublier cette triste aventure. Paul espérait qu'elle ne garderait pas de séquelles psychiques, car son attitude plutôt atone, ces dernières heures, laissait craindre le pire.

C'est donc dans une ambiance morose que l'IA intervint.

- COMMANDANT, UN GLISSEUR VIENT DE DECOLLER DE LA BASE AUSTRALIENNE ET SA TRAJECTOIRE DE VOL LE DIRIGE DROIT SUR VOUS.

- En plein jour ! Nous ne sommes pas en Australie ici, c'est habité. S'il veut se poser, on va se faire repérer. Il faut le stopper répliqua Sarian, visiblement contrarié.

Il contacta immédiatement Paul, qui se trouvait dans sa chambre avec Stéphanie, visiblement en pleine discussion, car il entendait distinctement la voix de la jeune fille.

- Paul, il faut que tu remontes à bord du Squirs Prime et que Niir contacte Florilius. Son glisseur est en route et tu es le seul à pouvoir le contraindre à s'informer sur la signification de cette visite. Argumenta, l'ildaran.

- OK, on se retrouve dans la salle principale, accepta le jeune homme, soulagé d'avoir une excellente excuse pour s'extraire de la conversation difficile qu'il avait avec son amie. Maintenant que la jeune fille avait pris sa décision, Paul ne souhaitait pas prolonger des situations émotionnellement intenses et stériles pour l'avenir.

- Parfait, il faut faire vite. Il est possible que Florilius soit à bord de ce glisseur et, si c'est le cas, il sera probablement très difficile de l'éconduire. Insista Sarian.

L'homme expliqua à Paul qu'il n'était pas souhaitable d'engager un bras de fer pendant le déménagement même si les trois croiseurs arrivés en orbite leur donnaient largement l'avantage. Il y avait un trop gros risque d'être repéré par les terriens qui pourraient s'étonner de voir apparaître un nuage de particules en orbite géosynchrone. Il était donc indispensable de convaincre l'officier de la base impériale de faire demi-tour.

- Je comprends parfaitement. J'ai besoin d'Oria et je voudrais emmener Darin, au cas-où, même si j'ai le contrôle des androïdes du bord. Répondit l'adolescent d'une voix assurée, parfaitement conscient de ses responsabilités.

- Aucun problème, Oria se tient déjà prête. Acquiesça Sarian, qui avait remarqué son attitude très impliquée. J'appelle Darin et je me joindrai également à vous afin de piloter les opérations depuis le Squirs Prime si nous étions amenés à détruire le croiseur de classe tonnerre, on utilisera les disrupteurs

Il était impossible d'utiliser des torpilles à distorsion si près d'une planète, car le mini trou noir éphémère était susceptible d'absorber toute l'atmosphère. Les rayons disrupteurs étaient sans danger pour la Terre, mais l'énergie dégagée serait assurément repérée par les terriens et Sarian espérait donc qu'il serait possible d'éviter un combat en orbite de la planète bleue.

Quelques secondes plus tard, Paul les rejoignit dans la salle tactique et, sans attendre, transporta toute l'équipe à bord du navire de commandement des squirs. Darin s'installa immédiatement au poste de contrôle en attendant que les androïdes du bord ramènent le premier lieutenant de Corvin. Celui-ci n'avait pas l'air de souffrir de sa détention et tenta même de prendre mentalement le contrôle d'Oria et de Darin. Il en fut pour ses frais, car ils portaient tous deux une résille Kries sous leur casquette militaire, s'attendant à ce genre de réaction.

- Êtes-vous plus coopératif ou faut-il vous contraindre de nouveau ? demanda l'ildarane au prisonnier sans aucune animosité.

- Vous n'aurez jamais mon concours pour quoi que ce soit. J'ai prêté serment à l'empereur ! répliqua vivement l'homme des forces spéciales.

- À l'imposteur, vous voulez dire. Sourit Paul en se joignant à la conversation.

- Pour moi il est l'empereur légitime, c'est vous qui êtes des rebelles. Siffla le Squir.

- Il a pris le trône par la force, vous le savez bien. Réfuta la jeune femme le plus calmement possible.

- Il a redonné espoir à l'Empire, sclérosé par des millénaires de gouvernance Verakin ! rétorqua, amer, le lieutenant Niir.

- Bien. Il semble que nous ne puissions pas nous entendre. Je respecte votre allégeance, nous serons donc obligés de vous contraindre de nouveau. Concéda Darin, résigné.

- Soyez maudit, vous et votre mutant ! gronda sèchement Niir.

Paul fut piqué au vif par la réplique du squir et le terme de mutant le renvoya directement aux frayeurs de Stéphanie. Cela l'affecta beaucoup plus qu'il ne le laissa paraître et il dut faire un énorme effort sur lui-même pour ne pas se laisser déborder par ses sentiments. Il répondit posément à Niir, surprenant même Oria par son self-control tant cette dernière avait craint une réaction violente de la part du garçon.

- Vous ne réussirez pas à me mettre en colère, lieutenant Niir. Vous l'ignorez, mais il semble que votre empereur soit, lui-même, sous le contrôle d'une entité malveillante. Articula lentement l'adolescent.

Il se tenait droit, face au commando, et aucune hostilité n'émanait de sa personne. Il avait, en cet instant précis, revêtu l'aspect d'un empereur d'Ildaran. Le squir en fut impressionné, mais ce ne fut pas suffisant pour lui faire changer d'allégeance.

- Mensonge ! Vous cherchez à me déstabiliser, mais vous n'y arriverez pas avec ce genre de déclaration futile et invérifiable. Le lieutenant des commandos avait néanmoins détourné les yeux, ne parvenant pas à soutenir le regard déterminé de Paul.

- Vous avez raison. Je ne peux pas vous le prouver maintenant. Mais cherchez bien, dans l'attitude de l'empereur, ces dernières années s'il n'a pas pris des décisions parfois étonnantes. Tenta encore l'adolescent.

- C'est l'empereur, il est libre de ses choix. Se buta l'impérial.

- Paul, le temps presse : le glisseur a déjà parcouru la moitié du chemin. Intervint Sarian, qui suivait l'évolution de l'appareil impérial sur ses neurorécepteurs.

Paul ne répondit pas et se concentra intensément sous le regard horrifié du prisonnier. Ses joyaux se mirent à briller puissamment et le garçon fut soudain maître de l'esprit de l'ildaran. Il percevait la frustration de Niir, totalement dominé, mais ce dernier avait néanmoins réussi à isoler une partie de sa conscience et Paul tentait toujours de savoir ce qu'il essayait de lui dissimuler. Avec plus de temps, l'adolescent serait certainement parvenu à ses fins, mais il y avait urgence, car le glisseur impérial était en chemin et serait rapidement au-dessus de la France.

- IA, prends contact avec le glisseur impérial, ordonna Paul.

- J'AI LE CONTACT AVEC L'IA DE LA BASE AUSTRALIENNE QUI RELAIE LA COMMUNICATION, VOUS POUVEZ PARLER.

- L'image du lieutenant Niir était relayée par les capteurs holographiques qui l'enregistraient, en trois dimensions, et l'envoyait vers la base impériale.

- Je voudrais parler au commandant Florilius, fit le squir, l'air calme et sûr de lui.

- Ici Florilius, je vous écoute. Répondit le commandant qui apparut dans la zone holographique.

- Commandant, un glisseur se dirige vers la base rebelle. Pouvez-vous me préciser la raison de cette immixtion ? commença Niir d'un ton ferme, mais sans agressivité.

- Je suis à bord de ce glisseur et comme votre capitaine est dans l'incapacité d'assurer son commandement il semble que je sois l'autorité la plus élevée dans ce système : je viens uniquement m'assurer que tout se passe bien. Rétorqua Florilius sur le même ton. Sarian percevait néanmoins la nervosité du commandant impérial, malgré sa tentative de la dissimuler.

- Les squirs ne sont pas sous l'autorité de la marine spatiale, commandant, ils dépendent directement de l'Empereur Kera 1er. Paul avait utilisé sciemment le nom de l'empereur pour donner encore plus de poids à la subordination de son interlocuteur. Vous n'avez rien à faire sur le théâtre de nos opérations, retournez à votre base Florilius. Vous risquez de nous faire repérer par les terriens, il fait encore jour ici. Après une courte discussion avec Sarian, il avait été décidé qu'il était inutile de tenter de négocier avec Florilius et que le seul moyen de le faire obéir serait probablement la crainte de représailles de l'empereur.

- Tout comme vous l'avez souligné, je n'ai pas d'ordre à vous donner, mais vous non plus. Je dépends de la marine spatiale et non des services spéciaux impériaux. Cette planète est revenue sous ma juridiction et, tant que l'empereur ou un représentant habilité ne me relèvera pas de mes fonctions, j'ai le loisir de me rendre où bon me semble. Répliqua l'officier avec un air de défi.

Assurément, le commandant impérial n'était pas prêt à se laisser marcher sur les pieds. Une situation qui compliquait sérieusement l'opération de déménagement. Niir, sous le contrôle de Paul, lui rappela que le capitaine Corvin avait pris la direction des opérations sur cette planète et que les instructions de l'empereur stipulaient une coopération totale, mais il en fallait visiblement plus pour faire abandonner le militaire.

- Le capitaine Corvin est dans l'incapacité d'assurer son commandement et je n'ai pas d'instruction vous concernant.

Vous avez certainement, de facto, la responsabilité de votre équipe, mais cela ne s'applique pas à la base terrestre. Je vous réitère notre soutien total, mais coopération ne signifie pas obéissance ni rattachement hiérarchique. J'ai donc toute la légitimité pour venir observer vos opérations. Je ne me mêlerai pas de votre intervention qui est sous votre unique responsabilité et si vous avez besoin de ressources supplémentaires, je suis à votre disposition. Nous nous verrons à mon arrivée près du site rebelle. Argumenta calmement l'impérial sur un ton qui ne souffrait aucune opposition.

- Restez au moins en altitude le temps que la nuit tombe : nous ne sommes qu'à quelques kilomètres de zones densément peuplées. Concéda le squir, essayant de retarder un peu l'arrivée de cet encombrant militaire.

- C'est bon. J'attendrai. Terminé. Le commandant impérial coupa sèchement la communication et dut se résoudre à patienter, car le risque d'être repéré par des autochtones était réel.

- Cette fois-ci, cela n'a pas fonctionné. Lâcha Sarian, irrité.

- J'ai fait tout ce que j'ai pu, répondit Paul, lui aussi contrarié.

- Tu n'y es pour rien, je ne pense pas qu'il se doute que nous contrôlions Niir, mais il soupçonne quelque chose et veut s'assurer que tout soit normal. Il va falloir nous préparer à l'accueillir.

Le squir avait été ramené chancelant dans sa cellule par deux androïdes et, dès qu'il fut de nouveau enfermé, Paul prit la main des trois adultes et se transporta avec eux directement dans la salle de commandement de la base de Dordogne.

L'adolescent aurait souhaité avoir plus de temps pour tenter une dernière fois de convaincre Stéphanie de l'accompagner, mais le glisseur allait se poser d'ici peu, car le soleil commençait à se rapprocher de l'horizon et ils avaient juste le temps de préparer la réception de Florilius. Nul doute que celui-ci allait prendre des précautions pour sa sécurité même s'il était loin d'imaginer la situation.

L'appareil militaire se posa à une centaine de mètres de la porte principale, encore ouverte. Il s'agissait d'un vieux modèle de glisseur de combat de huit places, équipé de deux canons mobiles à rayons disrupteurs, de quoi occasionner beaucoup de dégâts en cas d'affrontement à courte portée. D'après les senseurs du Squirs Prime, ses systèmes d'armes n'étaient pas activés, mais son bouclier *Horlzson* était abaissé, renforcé au maximum. Florilius ne semblait pas pressé de sortir de son appareil et la situation resta figée pendant de longues minutes.

- LE CROISEUR DE LA MARINE SPATIALE A ACQUIS LA ZONE SUR SES SENSEURS DE TIR, transmit l'IA de l'aviso à Sarian, via les neurorécepteurs de ses Nanocrytes.

- Je voudrais parler au lieutenant Niir. La voix du commandant de la marine spatiale ildarane sortie des amplificateurs de son glisseur.

Sarian s'avança tranquillement vers lui sans hostilité apparente et répondit calmement

- Niir est occupé à bord de notre appareil, je suis son officier en second en charge de cette opération. Que puis-je pour vous, commandant ? Vous savez que nous n'avons pas beaucoup de temps à vous consacrer. Nous avons réussi à pénétrer dans la base rebelle, mais il semble que la plupart des occupants soient parvenus à s'échapper. Les prisonniers ont été transbordés dans notre aviso, mais nous n'avons aucune trace du jeune Verakin. Nous poursuivons les interrogatoires.

Tous les hommes de Sarian sauf Darin, Telius et Vira étaient visibles et rien ne permettait de penser que quelque chose d'anormal se déroulait. Florilius finit par se lasser du statu quo et sortit de son appareil. Le champ de protection disparut et il se dirigea droit vers Sarian.

- Je suis couvert par mon croiseur qui est verrouillé sur cette position, s'il m'arrivait quelque chose, cette zone serait totalement détruite au disrupteur. Annonça froidement l'impérial.

Sarian adopta une attitude contrariée à la limite de la colère afin d'essayer de déstabiliser son interlocuteur.

- Je vous rappelle, commandant, que vous vous adressez aux représentants directs de l'Empereur. De plus, une intervention au sol avec un disrupteur orbital serait une violation flagrante de la charte des Al-Heoxyrians. Votre attitude n'est aucunement justifiée, car, comme vous pouvez le constater, nous avons le contrôle de la situation. Si vous le désirez, vous pouvez même m'accompagner dans la base rebelle et vérifier, par vous-même, qu'il n'y a plus de danger pour l'empire. Répliqua Sarian, d'un ton froid.

- Je vous laisse la sécurité de l'empire, lieutenant. Je me contenterai de la sécurité de la base impériale sur cette planète. Répondit Florilius, encore sur la défensive malgré qu'il ait remarqué les insignes impériaux empruntés sur les hommes de Corvin.

- Sage précision, mais je suis fort impoli. S'adoucit Sarian. Je ne me suis pas présenté : je suis le lieutenant Sarian, second lieutenant du capitaine Corvin. Vous devez comprendre que nous avons dû mobiliser toutes nos ressources pour trouver cette base et que nous sommes encore sous pression. L'ildaran balayait le déménagement avec un mouvement large du bras droit, invitant son interlocuteur à prendre conscience des tâches en cours.

- Vous déménagez la base rebelle ? s'étonna le commandant de la marine spatiale en notant les nombreux conteneurs prêts à être transbordés.

- Pas en totalité, mais j'applique les consignes de l'Empereur : aucune trace ne doit subsister pouvant laisser penser que l'héritier Verakin est encore vivant. Nous vitrifierons la base après notre départ et tous les éléments emportés seront analysés afin d'essayer d'en apprendre plus sur les gardes qui l'ont protégé toutes ces années. Énonça Sarian d'un ton badin, mais assuré.

- Vous êtes en train de me dire que l'Empereur a ordonné que toute trace de la présence de l'héritier Verakin sur cette planète disparaisse ? s'enquit Florilius, soudainement inquiet.

- Vous avez bien compris, commandant. Toute cette histoire doit rester parfaitement secrète. Nous pouvons compter sur la discrétion de vos hommes et vous-même n'est-ce pas ? demanda Sarian en relevant les sourcils d'un air ingénu soulignant par ce geste, l'importance du secret.

- Naturellement lieutenant, je vais d'ailleurs retourner à la base et transmettre des instructions en ce sens. Merci de votre accueil, je reste à votre disposition. Rétorqua le commandant d'un air beaucoup moins assuré que lors de son arrivée.

- Merci commandant Florilius, Niir était certain que nous pouvions vous faire confiance. Lança sournoisement l'ildaran, laissant sous-entendre que le sujet avec été abordé.

Sarian avait pris l'air contrarié signifiant que l'avis de Niir n'était peut-être pas totalement partagé par les autres squirs et cela ajouta de la confusion dans l'esprit de Florilius.

- Nous restons en contact, car la traque d'Ishar Verakin n'est pas terminée, il doit encore être sur cette planète, ajouta Sarian alors que Florilius se dirigeait déjà vers son glisseur. Heureusement que mon croiseur me couvre, ses maudits psykans m'auraient peut-être descendu sans cela. Pensait l'officier.

La peur tenaillait le commandant impérial, car il venait de prendre conscience du risque qu'il avait pris en étant venu au contact des gardes personnels de l'empereur.

Si Kera 1er voulait garder cette affaire secrète, toutes les personnes dans la confidence devraient être éliminées. Très peu d'individus devaient être informés sur les opérations déclenchées dans ce bras spiral.

La sonde messagère avait dû délivrer son message et être détruite aussitôt. La nature du contenu avait probablement déclenché l'ouverture de canaux prioritaires et peu d'humains devaient avoir été mis dans la boucle. Si le dixième de ce qu'il avait entendu sur Kera 1ᵉʳ était vrai, ces intermédiaires devaient déjà être morts.

Il fallait rapidement retourner à la base australienne et se mettre à l'abri derrière le champ *Horlzson*. S'il s'en sortait, son avenir dépendrait de sa capacité de survie, mais il devrait craindre en permanence d'être assassiné de même que les membres de son équipe. Il était même surpris que les squirs n'aient pas fait le ménage plus tôt. *J'aurais dû y penser !* se reprocha-t-il. *Dire que je me voyais déjà récompensé par l'Empereur. Kera 1ᵉʳ ne peut pas se permettre de voir ressurgir un héritier Verakin qui pourrait raviver l'espoir d'éventuels opposants aux Seravon. Ma carrière est foutue ! Moi qui n'avais jamais fait de politique…*

Le glisseur de combat décolla aussitôt et prit la direction de l'espace. L'impérial voulait se mettre à l'abri au plus tôt et Sarian éclatât de rire en regardant l'appareil s'éloigner.

- Il va se terrer dans sa base pendant un bon moment, il ne devrait plus nous gêner, fit-il.

- J'ai perçu sa peur lorsqu'il a compris ce que sous-entendaient tes propos. Approuva Paul, qui sortit de sa cachette.

- Il va craindre pendant tout le trajet que nous ne détruisions son glisseur depuis l'espace avec l'un des croiseurs en orbite et doit interpréter leur arrivée comme un moyen de contrebalancer son navire, voire d'attaquer sa station. Compléta Darin, qui s'était lui aussi rapproché.

- Tu as raison, l'IA du Squirs Prime m'informe que le Carusif quitte l'orbite terrestre pour se diriger vers la base lunaire. L'appareil à fait mouvement après avoir reçu une communication du glisseur de Florilius. Annonça Sarian.

- Il veut mettre son croiseur sous la protection de sa plateforme de tir. S'il savait que nous en avons le contrôle… sourit Darin.

- Ce n'est pas plus mal qu'il s'éloigne de l'orbite si nous avons à le détruire, ce sera moins visible depuis le sol. Nota Paul.

- OK, ne traînons pas, tous les conteneurs de transport sont prêts à être embarqués. Paul. Peux-tu faire venir des glisseurs depuis les croiseurs en orbite ? Cela permettra de mieux répartir la masse et d'éviter les aller-retour. S'informa Sarian.

Le garçon, resté en contact permanent avec l'IA du Squirs Prime, relaya la requête de l'ildaran et les trois croiseurs de combat expédièrent chacun un gros glisseur de débarquement vers la base.

Sarian fit désactiver l'IA qui avait géré la base pendant ces longues années passées sur Terre. Une sauvegarde complète avait été transférée dans celle de l'aviso ainsi qu'une copie dans les mémoires du porte-croiseurs. Ils auraient pu se passer d'emporter l'IA physiquement, ayant récupéré toutes les données utiles, mais une bonne IA pourrait toujours servir à l'installation d'une nouvelle base et Sarian était prévoyant de nature. L'opération ne prit pas plus de vingt minutes et les glisseurs atterrissaient déjà à proximité de la porte.

Tous les drones étaient en alerte maximum, car tous craignaient d'être découverts par des terriens malgré la nuit. L'arrivée de glisseurs de la taille d'un gros autobus, en longueur et deux fois plus large, risquait de se remarquer. Les appareils restèrent moins de cinq minutes au sol, car chaque conteneur disposait d'un générateur antigrav qui facilitait le chargement.

Les hommes de Sarian se répartirent dans les différents glisseurs et, en moins de quinze minutes, le secteur redevint tranquille. Plus rien ne pouvait laisser penser que le déménagement d'un site complet, ayant hébergé près de vingt personnes pendant dix-sept ans, avait eu lieu ici. La sphère de trois mètres de diamètre, contenants les neurones artificiels de l'IA, fut chargée à bord du dernier appareil et celui-ci reparti vers l'espace. Sarian regarda une dernière fois la porte de la base se refermer et actionna le déclencheur de la mine à fusion positionnée au cœur du site. Il y eut juste un léger tremblement, mais l'ildaran savait qu'à l'intérieur les parois avaient fondu sous la chaleur du plasma dégagé par l'engin et les parois de pierre devaient avoir été totalement vitrifiées. Il n'y avait maintenant plus aucune trace de passage d'humains en ce lieu et le moindre brin d'ADN avait été atomisé. Si les impériaux venaient à découvrir les restes de cette base, ils ne disposeraient d'aucune donnée exploitable.

Paul était resté jusqu'au dernier moment avec Sarian, Darin et Oria. Il avait le cœur serré, de devoir abandonner ses parents, ses amis, en particulier Stéphanie, et l'idée de ne plus revoir sa planète l'angoissait.

- SARIAN, IL Y A DES VEHICULES TERRESTRES QUI SE DIRIGENT VERS LA BASE. Transmit l'IA du Squir Prime sur les neurorécepteurs de l'ildaran.

- Envoie-moi une image de la zone, fit ce dernier. Aussitôt une vue satellitaire précise, en temps réel, fut affichée sur ses neurorécepteurs.

Environ trois véhicules se dirigeaient vers l'entrée principale de la base, maintenant totalement dissimulée.

- Mais comment ont-ils pu nous repérer ? s'étonna Darin.

- Un promeneur a dû remarquer quelque chose et aura alerté les autorités. À dix minutes près ils nous tombaient dessus. Filons d'ici. Suggéra Sarian.

Paul leur attrapa la main et se transporta aussitôt sur la passerelle du Squirs Prime. Dès qu'ils furent à bord, Stéphanie apostropha l'adolescent.

- Comment comptes-tu procéder pour nous relâcher avec Mélanie ? demanda la jeune fille, à la fois triste et déterminée.

- Vous relâcher ? Mais vous n'êtes pas prisonnières ! répondit le garçon, un peu surpris par le ton de sa compagne.

- Alors inutile de prolonger cette situation plus longtemps maintenant que nous avons pris notre décision. Peux-tu nous faire ramener à Paris ? rétorqua-t-elle en tentant de masquer sa peine derrière une attitude agressive.

Au fond d'elle-même, la jeune fille était déchirée par des sentiments contradictoires et Paul le percevait aisément, sans avoir à recourir à ses facultés mentales. Il était lui-même écartelé entre son désir de rester sur Terre et son devoir de reprendre le trône de sa famille, mais il prit sur lui et se décida à raccompagner les adolescentes à leurs domiciles.

- Je vais vous transporter directement chez vous, mais nous devons effacer certains de vos souvenirs, répondit le garçon d'une voix qu'il espérait neutre.

- Est-ce vraiment nécessaire ? Je voudrais garder ces moments en mémoire en attendant que tu reviennes. Tenta Stéphanie, qui savait pourtant qu'il n'y avait aucune chance que les ildarans acceptent sa requête.

- Inutile de nous leurrer Steph. Rétorqua Paul. Tu sais bien qu'il y est peu probable que je revienne avant très longtemps. Je comprends et j'accepte ton choix, même si je le déplore, mais nos vies se séparent ici et lorsque tu te réveilleras demain matin tu ne te souviendras plus des épisodes survenus après la promenade à cheval à Marrakech.

- Mais c'est injuste ! s'insurgea la jeune fille.

- Probablement, mais votre sécurité l'impose. Je te rappelle qu'une flotte de guerre va bientôt arriver et il est préférable que les troupes de Kera 1er n'apprennent rien par votre truchement. Et toi Mélanie ? Qu'as-tu décidé finalement ? demanda Paul, quasi assuré de la réponse de l'amie d'Alex.

L'assurance de sa voix impressionna Sarian qui savait pourtant que l'adolescent prenait sur lui de ne pas laisser transparaître ses émotions.

Au grand étonnement général, la jeune fille annonça qu'elle souhaitait les accompagner si cela ne dérangeait personne. Mélanie justifia sa décision en expliquant qu'elle vivait dans une famille d'accueil. Ses parents étaient décédés dans un accident d'avion lorsqu'elle avait quatorze ans et même si elle n'avait rien de particulier à reprocher à sa nouvelle famille, il lui manquait de l'affection et son avenir en France ne lui paraissait pas particulièrement radieux. Depuis la mort d'Alex, elle avait perdu son unique lien affectif sur cette planète et voulait tenter sa chance dans les étoiles. L'espace lui rappelait les histoires racontées par son père qui avait été astronome amateur.

Remis de sa surprise, Paul interrogea Sarian du regard. Celui-ci ne voyait aucun inconvénient à ce que la jeune fille reste avec eux, à ses risques et périls, mais la jeune fille avait parfaitement compris les enjeux et les dangers et trouvait cela encore plus excitant.

Décidément, cette fille continue de me surprendre, pensa l'adolescent.

- Tu veux revoir ta famille adoptive avant de partir ? s'enquit Paul.

- Inutile, je suis prête. Je n'aime pas les adieux de toute façon, répondit-elle d'un ton posé et déterminé.

- Dans ce cas, je te propose de rejoindre ta cabine, l'IA va te briefer sur le fonctionnement du navire pour que tu aies un minimum d'indépendance à bord. Paul va raccompagner Stéphanie et nous ferons le point dans quelques heures lui proposa Darin.

Celle-ci acquiesça de la tête et se dirigea vers sa cabine et disparue sans avoir même salué Stéphanie.

- Elle aurait pu me dire au revoir, fit cette dernière un peu surprise.

- Cela aurait été inutile puisque tu ne te souviendras de rien, lui répondit Paul, qui tentait de masquer sa joie de voir une compatriote l'accompagner.

Restait à se coordonner. Paul souhaitait revoir ses parents et leur dire adieu et grâce à ses facultés de téléportation quantique, les systèmes de surveillance de la base australienne ne pourraient pas détecter les deux sauts et n'alerteraient donc pas Florilius. Sarian était plus inquiet par le retard pris, car il craignait toujours l'émergence d'une autre flotte de guerre, mais c'est l'IA qui apporta la solution à Paul. Les croiseurs étaient plus lents que le Squir Prime, qui croisait à 0,6 C alors que les bâtiments de combats plafonnaient à 0,5C. Ils pouvaient partir devant et l'aviso rapide les rejoindrait avant l'appontage sur le vaisseau mère.

- Dans ce cas : pas de souci. Que les trois navires appareillent immédiatement en direction du Seravon Prime et que celui-ci se tienne prêt à transiter. Nous les rejoindrons avec notre vitesse supérieure ordonna Sarian.

- Et si Florilius nous fait des difficultés ? demanda Darin

- Nous lui ferons comprendre que nous contrôlons la base lunaire, cela devrait calmer ses ardeurs belliqueuses. Sourit l'homme.

- LES TROIS CROISEURS PRENNENT LE CAP DU PORTE-CROISEURS, ARRIVEE ESTIMEE DANS QUINZE HEURES.

Sarian se retourna vers les adolescents, l'air grave.

- Paul, tu disposes de deux heures pour régler tes affaires ici. Je sais que c'est court, mais la flotte impériale peut surgir à tout moment et nous ne serons probablement pas en situation de force, même si la surprise peut nous donner un avantage temporaire. Stéphanie, c'est l'heure de nous quitter, mais nous nous reverrons peut-être…

- Adieu, Sarian. Je partage l'avis de Paul. Vous ne reviendrez pas sur Terre et même si vous le faisiez, nos vies seront devenues tellement éloignées que je ne crois pas que nous nous reverrons, répondit la jeune fille, l'air triste.

- Eh bien, viens avec nous alors. Tenta encore Paul, qui entrevit une brèche.

- Non. J'ai bien réfléchi et, même si votre aventure paraît prodigieuse, je préfère vivre une vie plus calme dans mon pays. Alors sur une autre planète… fit-elle d'un ton las.

- Dans ce cas inutile de refaire le monde, le temps presse et je voudrais également revoir mes parents adoptifs quelques minutes. Oria, peux-tu lui faire oublier les quatre derniers jours ? demanda Paul à l'ildarane qui les avait rejoints depuis quelques minutes.

- Il est préférable que ce soit toi qui le fasses. Ta puissance psy est maintenant très largement supérieure à la mienne et ton verrou mental sera plus efficace. Il n'y a que très peu de psykans qui seraient capables de faire sauter ton blocage. Répondit la femme aux yeux bleus cobalt.

- Mais comment dois-je m'y prendre ? Ce n'est pas dangereux pour elle ? Paul était un peu désemparé, car, s'il avait réussi à prendre le contrôle d'une IA et d'un psykan, là il s'agissait d'effacer des souvenirs et cela signifiait altérer durablement les signaux électrochimiques du cerveau de son amie.

- Non rassures-toi, il faut simplement s'y prendre en douceur. En effet en agissant trop vite cela pourrait être dangereux. Joins ton esprit au mien et je vais te guider, ajouta-t-elle.

Paul sentit la sonde mentale d'Oria connecter son esprit et eut l'impression d'être désincarné. Il pénétra dans une sorte d'espace virtuel où ses perceptions étaient modifiées, comme filtrées par de nombreux prismes qui lui offraient une vision altérée tout en étant multiples. Il n'arrivait pas à définir ce qu'il ressentait.

Stéphanie était assoupie et ne se rendait plus compte de rien. L'adolescent s'immisça dans sa conscience, à la suite de l'ildarane, et son esprit fut envahi par les souvenirs de sa compagne.

Oria s'était matérialisée dans l'espace virtuel de la mémoire de la jeune fille et l'image de l'ildarane était la représentation subjective que Paul avait d'elle et différait sensiblement de la réalité. Elle était plus douce, plus proche : presque comme une grande sœur que Paul n'aurait pas connue. Il percevait l'avatar de la jeune femme telle qu'il la ressentait mentalement et cela concrétisait une sorte de chimère.

Il était gêné de s'introduire ainsi dans les souvenirs de sa petite amie, surtout avec Oria, qui allait partager de nombreux moments intimes. L'expérience était très étrange, car Paul s'attendait à devoir balayer une sorte de ligne temporelle linéaire. Au lieu de cela il était immergé simultanément dans plusieurs espaces mémoriels. Certains correspondaient visiblement à de véritables souvenirs, d'autres plutôt des émanations du subconscient de la jeune fille. Comment s'y retrouver pour verrouiller une infime portion de cette mémoire ? Oria intervint pour l'aider.

- Suis-moi, enfin façon de parler. Il faut te concentrer sur ce que tu cherches à éradiquer dans sa mémoire.

- Tout est mélangé ! s'exclama Paul, qui découvrait des souvenirs totalement incohérents.

Ils erraient dans les méandres mémoriels de l'adolescente et Paul se voyait dans certaines scènes. Il découvrait également des moments de l'enfance de Stéphanie. Un chien ! Elle ne lui en avait jamais parlé. Urielle ! Elle s'appelait Urielle. C'était une femelle Airedale Terrier qui était morte lorsqu'elle avait douze ans. Il se faufilait dans son passé, comme un espion virtuel. Il assistait à certains instants très intimes qui le mettait mal à l'aise, surtout qu'il percevait Oria à ses côtés. La mort de la grand-mère, le premier baiser avec un garçon, des vacances aux États-Unis avec ses parents, une chute de cheval avec Voscero, l'Andalou du père de Paul, des entraînements de natation… Cela n'est finissait plus.

Comment s'y retrouver dans tout ce méli-mélo ? La mémoire des humains contient tellement de souvenirs… Oria vint à son secours en orientant leur navigation dans les pensées de la jeune Française. Ils avaient perdu totalement la notion du temps quand, tout à coup, ils se retrouvèrent dans une scène mémorielle représentant Marrakech. Stéphanie essayait une bague en argent, l'instant d'après ils étaient en train de dîner au bord de la piscine avec Oria.

Nous y sommes presque, il faut remonter un peu, laisse-toi guider lui intima la jeune ildarane.

L'impression d'être dans un jeu vidéo était toujours très prégnante et Paul ne savait pas du tout comment influer sur ses souvenirs. Il n'y avait aucune continuité.

Oria aiguilla le garçon très doucement vers les souvenirs du voyage puis remonta lentement vers la soirée décisive. Elle choisit de bloquer l'accès aux souvenirs postérieurs à l'apéritif anniversaire. L'ildarane procéda très lentement afin de ne pas endommager les neurones de la jeune fille tout en permettant à Paul de suivre le mode opératoire et surtout de renforcer le blocage mis en place.

- Vient, sortons, c'est terminé. Fit Oria, visiblement fatiguée.

Paul fut soudain de retour dans la réalité. Stéphanie semblait dormir paisiblement, sa respiration était calme et son visage détendu. L'adolescent avait la tête qui tournait et avait fermé les yeux, presque par réflexe. En les ouvrants, il découvrit son mentor, qui le fixait intensément.

- Comment te sens-tu ? demanda-t-elle d'un ton légèrement inquiet.

- Totalement déboussolé, articula-t-il difficilement.

- Cela fait toujours cela la première fois, ensuite on s'y habitue. Il faut être très prudent, car on peut se perdre dans l'esprit d'un autre et y laisser son équilibre mental, précisa-t-elle.

- Nous sommes restés longtemps dans l'esprit de Stéphanie ? balbutia le jeune homme.

- Moins d'une minute fit l'ildarane en souriant, comprenant son malaise.

- J'ai eu l'impression que cela avait duré des heures ! avoua-t-il, toujours perturbé.

- Cela se passe à la vitesse de la pensée. Le cerveau humain est très sous-exploité par le commun des mortels. Il recele d'extraordinaires potentiels, notamment celui d'interpréter des pensées multiples simultanément.

- Elle a tout oublié ?

- Tout ce qui est postérieur à l'apéritif anniversaire des personnes que nous avons rencontrées lors la balade à cheval.

- Parfait. Je vais la déposer sur le palier de son appartement, maintenant suggéra Paul.

- Tu n'es pas fatigué ? Tu ne veux pas te reposer quelques instants ? La jeune femme s'inquiétait de son état physique après cette expérience éreintante pour un novice.

- J'aurais bien aimé, mais le temps nous est compté et je voudrais revoir mes parents, insista-t-il.

Il prit la main de sa compagne, fit un signe à Oria en lui lançant :

- à toute à l'heure, attendez-moi hein ?

Avant que la jeune ildarane ait pu lui répondre, les deux adolescents avaient disparu. Paul s'était transporté directement devant la porte de l'appartement de Stéphanie. Il la déposa doucement sur le sol et la regarda une dernière fois avant d'appuyer sur le bouton de la sonnette puis il se transporta devant l'appartement de ses parents et sonna tranquillement.

Son père adoptif ouvrit la porte et l'adolescent perçut la joie qui envahit son esprit. Il faillit succomber à ce débordement d'émotions lorsque sa mère l'aperçut. Il se mit à pleurer, laissant retomber la tension de ces derniers jours. Ses parents le questionnèrent, mais il ne pouvait naturellement rien leur dire. Il se contenta de leur raconter qu'il ne se souvenait de rien. Sa mère voulut l'emmener à l'hôpital et Paul dû déployer tous ses talents oratoires pour la convaincre qu'il allait bien.

Au bout de quelques minutes, il se mit à douter de la pertinence de sa visite d'adieux, car il avait suscité plus de questions et de frustrations que de bons souvenirs. Et que dire à ses parents, alors qu'il était probable qu'il ne revienne jamais ? Cet instant, qu'il avait imaginé comme un moment de partage et d'adieu, se transformait en désastre affectif. Son chat Gribouille lui sauta sur les genoux et cela acheva de l'anéantir émotionnellement. Un immense sentiment de tristesse et de nostalgie le submergeait. Il perdait le contrôle de lui-même ! Une parole de son père adoptif le fit revenir à la réalité : il ne pourrait pas quitter ses parents aisément, ils feraient tout pour le retenir.

Il n'y tint plus et se concentra comme Oria le lui avait montré quelques minutes auparavant. La difficulté était de neutraliser les consciences de deux personnes à la fois et ses joyaux se mirent à luire violemment de telle sorte que ses parents poussèrent un cri de frayeur, car ils ne les avaient pas encore remarqués. Il fut soudainement dans l'esprit de sa mère. Son père semblait plus réfractaire, peut-être parce qu'il était en colère et fermait son esprit à toute idée d'ouverture.

Mais le père de Paul s'alarma de voir sa femme figée sur sa chaise et sa colère retomba d'un seul coup. Paul en profita aussitôt pour lui ordonner de s'assoupir. Ses deux parents inconscients, il put se concentrer sur l'effacement de leurs derniers souvenirs. Ce fut beaucoup plus facile qu'avec Stéphanie, car il n'y avait qu'une très petite période à oblitérer et il s'agissait des derniers instants encore présents dans leur esprit conscient.

Paul les observa un moment, son chat lové sur les genoux. Des larmes coulaient de ses yeux et il n'arrivait plus à maîtriser ses émotions.

Il perdit la notion du temps dans ce moment surréaliste, mais il finit par se reprendre et consulta sa montre. Il lui restait encore une trentaine de minutes, mais il craignait de perdre le contrôle. Il posa alors délicatement son chat sur le canapé, attrapa dans un réflexe son baladeur multimédia et son casque posés sur une table, étreignit Gribouille une dernière fois et se téléporta à bord du Squirs Prime, directement dans sa cabine.

Son arrivée sur le vaisseau passa inaperçue et il s'écroula sur son lit, totalement effondré. Il n'avait jamais ressenti un tel désarroi. Quelqu'un frappa à sa porte et il ouvrit lentement la porte. Oria entra alors qu'il se retournait sur la défensive.

- Comment as-tu su que j'étais revenu à bord ? demanda-t-il en sanglotant, plutôt gêné que la jeune femme le voie ainsi.

- Tu dégages une telle émotivité psychique que l'on doit te détecter depuis la lune, répondit doucement Oria, qui était perturbée par les émissions mentales désespérées du jeune homme.

- Je n'ai pas supporté de devoir les quitter et de ne pouvoir rien leur dire. J'ai effacé de leur mémoire la trace de ma visite. Il n'y a que le chat qui se souviendra peut-être que je sois passé continua Paul sur le ton de la dérision.

- C'est totalement compréhensible. Tu as pris la bonne décision, à la fois pour toi et pour eux. Il est préférable qu'ils ne sachent rien de ton passage ainsi les impériaux ne pourront pas leur nuire. Il va falloir penser à appareiller, tu te sens prêt ?

- Oui, inutile de regarder en arrière. Préviens Sarian et quittons cette planète. Le garçon avait retrouvé une voix assurée, mais il ne pouvait tromper la jeune psykane qui percevait toujours ses sentiments mêlés alternant angoisse et tristesse.

Oria compatissait à sa peine et aurait voulu trouver les mots pour le réconforter, mais elle savait qu'il devait s'endurcir, car l'avenir proche était semé d'embûches. Paul devait accepter son destin et combattre pour reprendre l'empire aux Seravon et il n'y avait aucune place pour la faiblesse.

- Je viens de communiquer avec Sarian, le Squirs Prime appareille. Lui transmit-elle d'un ton neutre. Il souhaite que tu le retrouves sur la passerelle dès que tu le pourras.

- OK, laisse-moi quelques minutes. Je ne reviendrai peut-être jamais sur cette planète, pensait-il.

Il songeait à ses parents, à ceux d'Alex et de Mélanie qui ne sauraient jamais si leurs enfants étaient encore vivants. Pourquoi, seule Stéphanie était revenue saine et sauve, mais sans aucun souvenir ? Ils resteraient à tout jamais dans l'incertitude.

L'aviso accélérait pour rejoindre les trois autres navires de combat et la distance le séparant de la Terre augmentait de secondes en secondes.

Paul demanda à l'IA de se connecter aux satellites de surveillance du réseau impérial et de lui retransmettre les chaînes d'informations françaises. Il voulait prendre le pouls de son pays une dernière fois. Le présentateur de la Une traitait justement de la disparition des adolescents et annonçait la réapparition d'une des jeunes filles.

Nos reporters signalent que l'une des deux adolescentes disparues, il y a six jours à Marrakech, a été retrouvée devant son domicile sans aucun souvenir de ces derniers jours. D'après les médecins, elle est en bonne santé …Paul regardait la projection holographique qui affichait les photos de son amie. La mélancolie le submergea de nouveau et il préféra couper la retransmission qui commençait d'ailleurs à se brouiller du fait de leur vitesse relative, malgré les technologies de communication basées sur l'intrication quantique.

L'aviso rapide avait quitté l'orbite terrestre depuis quarante-cinq minutes et filait à soixante pour cent de la vitesse de la lumière vers le porte-croiseurs, à la suite des trois navires partis deux heures plus tôt. Il avait déjà parcouru presque cinq cents millions de kilomètres et il lui faudrait un peu plus de treize heures pour rallier le gros vaisseau mère qui avait ravitaillé en matière noire et se tenait prêt à une transition longue distance.

Sarian, qui avait pris partiellement connaissance des capacités techniques de l'énorme sphère, savait qu'il faudrait au moins douze transitions pour atteindre la bordure extérieure de la Voie Lactée, au-delà du bras du Règle/Cygne.

*

Chapitre 5

Florilius ne comprenait rien à l'attitude des Squirs : ceux-ci semblaient apparemment vouloir quitter le système. Il savait que les commandos de l'empereur avaient déménagé la base rebelle à l'aide des trois croiseurs et que ceux-ci étaient repartis vers l'espace en direction de leur navire amiral. Ses senseurs avaient enregistré l'activation de la mine à plasma et il imaginait que rien ne subsistait dans la grotte. Mais pourquoi quittent-ils l'orbite alors que l'héritier Verakin est encore sur Terre ? pensa-t-il. À moins qu'ils ne m'aient menti et qu'ils l'aient capturé ? Mais dans quel but me le dissimuler ? Le commandant impérial ne trouvait aucune logique dans les actions récentes des squirs. Leur aviso rapide rattrapait lentement son retard sur les gros navires de guerre et naviguait sur le même cap. Légèrement plus rapide, il devrait être à proximité du vaisseau mère en moins de treize heures, d'après l'estimation de l'IA de la base australienne.

Florilius avait tenté d'entrer en communication avec Corvin et Niir, mais c'était Sarian qui lui avait répondu qu'il planifiait de boucler le système, craignant l'utilisation d'un autre appareil furtif par leurs ennemis. Florilius n'avait pas gobé cette explication, mais il n'avait rien à opposer. Il ne tenait pas non plus à trop se faire remarquer, de peur que les squirs ne fassent le ménage par précaution, surtout qu'il ignorait les consignes concernant les membres de la base avancée. C'est à ce moment précis qu'il fut l'averti d'une anomalie alarmante : les IA de la base lunaire et de la base terrestre communiquaient généralement toutes les vingt-quatre heures par procédure de routine et celle du système de défense planétaire ne répondait plus.

L'IA de la base terrestre avait ouvert un canal de communication avec le calculateur central et tout semblait normal sauf que la partie neuronale de l'IA lunaire semblait inopérante. Après la courte alerte de la veille, ce second incident devenait vraiment suspect. Les procédures de sécurité commandaient d'aller sur place pour contrôler et, comme le Carusif était déjà en orbite autour du satellite de la Terre, Florilius embarqua à bord de son glisseur de combat. Il lui faudrait moins d'une demi-heure pour atteindre le puissant site militaire. Que de temps perdu, depuis cette alerte de niveau neuf, songea le soldat, un peu désabusé par les évènements de ces dernières heures.

*

- Sarian, le glisseur de combat de Florilius vient de decoller sur une trajectoire d'interception de l'orbite lunaire, le mouvement du petit appareil avait naturellement été enregistré par les senseurs orbitaux en contact avec l'IA du Squirs Prime et celle-ci avait aussitôt averti ses passagers.

- Passe-moi Telius dans sa cabine, ordonna aussitôt l'Ildaran.

- Ligne ouverte.

- Telius, il semble que Florilius se doute de quelque chose. Il est en chemin pour la base lunaire. Nous ne pouvons pas nous permettre de le laisser entrer. Rapporta Sarian.

- Aucune chance, j'ai ordonné au calculateur de verrouiller la base. Rien ne pourra se poser. S'il insiste, il va se faire tirer dessus, lui répondit le spécialiste du groupe.

- Commandant. Une flotte de soixante croiseurs vient d'emerger a 8,3 heures-lumiere de l'etoile solaire.

- Quelle est sa position par rapport au porte-croiseurs ? demanda Sarian, soudain en alerte.

- 48° par rapport a l'axe du systeme. Distance : 14,2 heures-lumiere, mais ils vont certainement transiter pour se rapprocher.

Sarian avait repris son rôle de commandant des gardes impériaux Verakin et sa vitesse de réaction fut instantanée.

- IA. Tir immédiat des deux cents torpilles de la base lunaire en accélération de manière à ce qu'elles nous entourent ainsi que les trois croiseurs devant nous. En cas de combat nous pourrons réassigner les cibles. Que le Squirs Prime simule un dysfonctionnement des propulseurs gravitiques et ramène notre vitesse à 0,45C, cela laissera le temps aux torpilles de nous rattraper. Appelle les IA des trois appareils devant nous et tiens-les informés de nos soucis de propulsion sur une holocom non cryptée.»

Cinquante nanosecondes suivant l'ordre de Sarian, deux cents disques de trois mètres de diamètres jaillirent des tubes de lancement de la lune et accélérèrent dans l'espace à plus de deux mille gravités. Ils atteignirent rapidement leur vitesse maximum de 0,9 C.

- FLORILIUS NOUS CONTACTE.

- Oui, commandant Florilius, répondit Sarian, simulant l'angoisse.

- Je voudrais parler au lieutenant Niir, fit l'impérial en tentant d'observer l'environnement de la passerelle.

- Il est occupé à essayer de comprendre pourquoi deux cents torpilles planétaires viennent de se verrouiller sur notre appareil au moment où nous rencontrons un souci de propulsion, rétorqua sèchement Sarian.

- C'est incompréhensible ! Mon IA m'a informé il y a trente minutes que celle de la base lunaire semble dysfonctionner et … l'impérial n'eut pas le temps de finir sa phrase.

- Quoi ? Et vous ne nous avez pas avertis ! fulmina Sarian, qui avait violemment interrompu l'officier.

Paul et Darin, placés en dehors du champ du capteur holographique, sourirent en admirant son talent de comédien. Florilius s'était laissé prendre par le ton accusateur du soi-disant lieutenant de Corvin.

- Vous vous rendrez compte, Florilius, que ce retard pourrait coûter la destruction de nos vaisseaux. Je vais en avertir immédiatement le responsable de la flotte qui vient d'émerger. Ajouta Sarian, l'air furieux.

- Nous n'y sommes pour rien, lieutenant, et je vous rappelle que l'anomalie semble être survenue après votre survol orbital de la base lunaire. Tenta de se justifier le commandant. Il affichait réellement un air désolé et semblait dépassé par les évènements.

- Accusez-nous de vouloir nous suicider tant que vous y êtes Florilius ! Sarian était devenu tout rouge et jouait l'affolement avec une parfaite maîtrise. Vous imaginez ! Deux cents torpilles de classe planétaire ! Comment voulez-vous que nous échappions à ça si elles nous rattrapent ?

- Nous essayons de reprendre le contrôle du système d'armes, mais nous n'avons aucune communication avec la base lunaire, avoua le commandant de la marine impériale.

- Eh bien, faites vite ! Je dois prendre contact avec la flotte qui vient d'émerger. Tenez-moi informé de vos résultats Florilius. Sarian coupa la communication sans attendre la réponse du militaire.

Après avoir croisé à 0,9 C pendant une minute, les deux cents disques avaient pris leur allure de croisière à 0,5 c, à la poursuite du Squirs Prime. Les torpilles n'avaient aucune chance de rattraper le petit aviso s'il naviguait au maximum de sa vitesse, mais à l'allure de 0,45 C elles devraient s'être rapprochées lorsqu'il atteindrait le porte-croiseurs et pourraient servir de force de frappe si la flotte les attaquait.

- COMMUNICATION ENTRANTE POUR LE CAPITAINE CORVIN.

- Mets en attente et passe-moi Paul. L'IA ouvrit une ligne holocom avec le garçon. Paul, il faut que tu interviennes avec Niir, car il est pratiquement certain que quelqu'un, à bord de ces vaisseaux, connaît l'équipe de Corvin et je ne pourrais pas me faire passer pour un responsable de son commando. Sarian observa le jeune homme, mais celui-ci ne semblait pas trop perturbé de quitter sa famille adoptive et la planète qu'il avait cru être la sienne.

- Je me rends tout de suite dans sa cabine, demande à Oria de me rejoindre au cas où. Répondit Paul d'un ton qu'il espérait neutre.

Bien que contrit, il n'était pas mécontent d'avoir un motif d'activité pour oublier provisoirement les raisons de ses angoisses. Il avait réussi à masquer ses émotions auprès de Sarian et son taux d'adrénaline venait de monter en flèche. Il retrouva la psykane devant la cabine qui servait de cellule à Niir et ils découvrirent celui-ci en pleine concentration. Sarian l'avait autorisé à accéder à la base d'information du bord et les relais de communication de ses Nanocrytes affichaient les données de lecture directement sur ses neurorécepteurs.

- Que me voulez-vous encore ? demanda le Squir, un brin irrité.

- Une flotte impériale vient d'émerger et ils réclament Corvin. À défaut, son second devrait faire l'affaire. Énonça Oria calmement.

- Je vous ferais payer cette humiliation, soyez-en sûre ! répliqua le squir en lui lançant un regard chargé de menaces.

- Paul, fais-le venir sur la passerelle, il y a urgence. Intervint Sarian dans l'intercom du bord.

L'adolescent prit le contrôle du commando sans trop d'effort. Paul ne mesurait pas encore l'étendue de ses facultés, mais il lui semblait que son pouvoir s'amplifiait. À moins qu'il soit plus facile de contrôler un individu déjà soumis une première fois, il faudra que j'en discute avec Oria, pensa-t-il.

Le lieutenant impérial se dirigea d'un pas hésitant à la suite de la jeune femme vers l'élévateur à gravité dirigée qui desservait directement le pont principal où se situait le centre névralgique de l'aviso. Paul percevait la lutte intense dans la tête de Niir. Il crut également percevoir une étrange forme de pensée, mais cet instant fugace disparu aussi vite qu'il était apparu. Paul rechercha une trace de cette pensée qui lui semblait étrangère, mais sans aucun résultat. Il se promit de se souvenir de cette signature mentale, car elle n'appartenait ni à Niir ni aux autres squirs enfermés dans une cabine du navire. Cette pensée divergeait profondément des schémas mentaux des humains présents à bord du Squirs Prime. Était-il possible que Niir fût en contact avec un autre psykan ? L'intervalle avec un autre vaisseau impérial se chiffrait en milliards de kilomètres et il n'imaginait pas qu'il soit possible de communiquer mentalement à pareille distance.

Dès qu'ils furent sur la passerelle, Sarian laissa sa place à Niir au poste de commandement et l'IA ouvrit une communication avec le bâtiment amiral de la flotte impériale.

- Vous n'êtes pas Corvin. Où est votre capitaine attaqua immédiatement l'officier de haut rang sur un ton qui dénotait d'une grande habitude du commandement.

- En effet amiral, je suis le lieutenant Niir, second du capitaine Corvin. Le capitaine a été tué lors d'une échauffourée avec les rebelles répondit Niir sous le contrôle de Paul. Celui-ci n'osait pas ordonner au lieutenant de demander à l'officier de s'identifier, mais, d'après les insignes sur son uniforme, Sarian lui avait transmis qu'il s'agissait d'un amiral.

- Avez-vous capturé ou éliminé la cible ? reprit le militaire d'un ton sec.

- Non amiral, il a réussi à s'échapper. Un vaisseau a quitté le système avant notre arrivée et nous pensons qu'il était à bord. Nous avons fouillé la planète et capturé plusieurs rebelles, mais aucune trace du Verakin. Répondit calmement le squir, toujours sous le contrôle de Paul. L'adolescent ressentait sa rage, il maudissait le garçon de l'obliger à leurrer un amiral de la flotte.

- Comment un appareil a-t-il pu quitter ce système avec l'armement qui y est installé et votre flotte ? Le visage de l'impérial était impassible même si on y devinait une colère froide.

- Cet appareil disposait d'une technologie furtive, nous ne l'avons détecté qu'au moment de la transition et trop tard pour l'intercepter. Nous avons lancé plusieurs appareils vers les étoiles les plus proches, mais sans pouvoir le rattraper. Rétorqua le commando, contre sa volonté.

- Transférez-moi le rapport complet de cet épisode. Nous allons débarquer deux cents traqueurs impériaux et ratisser cette planète de fond en comble. Revenez sur l'orbite terrestre, nous nous verrons à votre arrivée. Attendez ! Nos senseurs à longue portée détectent deux cents torpilles planétaires à votre poursuite. Que ce passe-t-il ? L'amiral, jusqu'ici très calme commença à montrer des signes d'agitation. Si ces engins parvenaient jusqu'à sa flotte, ils pourraient lui infliger des dégâts considérables.

- Nous l'ignorons Amiral, nous avons quitté l'orbite avec l'objectif de revenir sur le Seravon Prime, mais la base lunaire a tiré ses torpilles peu après. Le lieutenant Florilius qui commande la base sur Terre n'en sait pas plus. Quoi qu'il en soit, nous ne pouvons pas faire demi-tour tant que ces engins sont à nos trousses. Nous avons de surcroît un souci de propulsion qui a fait chuter notre vitesse à 0,45c. Nous ne pourrons pas échapper à ces engins. Sembla se lamenter le squir.

- Je prends contact avec le lieutenant Florilius, terminé.

L'amiral de l'empire coupa brutalement la communication sans un mot, laissant penser à Sarian que les commandos des squirs n'étaient pas en très bons termes avec les autorités militaires.

- Paul, il va falloir rester sur la passerelle avec Niir, car cet amiral va inévitablement nous rappeler prochainement. À sa place je regrouperais tous les croiseurs et le vaisseau mère pour constituer une force défensive capable de détruire les torpilles. Individuellement aucun appareil n'a de chance face à une salve pareille. Fit Sarian en se tournant vers le jeune homme.

Paul avait relâché la pression mentale sur le prisonnier et Oria lui avait passé des menottes magnétiques afin qu'il n'en profite pas pour tenter une action désespérée. Il était immobilisé sur un siège éloigné de toute commande sensible et les observait avec un regard chargé de haine. *Il me fait froid dans le dos ce type* pensa Paul qui gardait en mémoire l'étrange effluve mentale. *Que peut-il nous cacher, il faudra que j'en parle à Oria à la première occasion.*

- Il nous reste encore presque treize heures de vol pour atteindre le porte-croiseurs, les torpilles peuvent nous suivre jusque-là ? demanda l'adolescent à Darin qui les avait rejoints.

- Avec une vitesse de croisière de 0,5C oui. Tant qu'elles trouveront de la matière noire à convertir en énergie pour alimenter leurs propulseurs. Répondit l'ildaran.

Il lui expliqua que ces torpilles étaient beaucoup plus grosses et performantes que celles embarquées à bord de navires, ce qui était plutôt un atout, car elles pourraient les escorter jusqu'au Seravon Prime.

- Je n'aime pas trop savoir les impériaux aussi près du porte-croiseurs, ils pourraient bien vouloir monter à bord. Est-ce que l'IA est subordonnée à leur autorité ? demanda Sarian à Paul.

- D'après l'IA du Squir Prime, non. Ce vaisseau dépend directement de la garde squire et Corvin était leur chef. C'est Niir qui prend automatiquement le commandement tant que l'Empereur ne nomme pas un autre capitaine communiqua l'adolescent après avoir échangé mentalement avec l'IA de l'aviso.

- Bon c'est déjà ça. Il faut maintenant réussir à embarquer tous nos navires et quitter ce système. Avec les soixante croiseurs de combat qui nous surveillent, la partie s'annonce serrée. Souligna Sarian en hochant de la tête.

- COMMANDANT, HOLOCOM ENTRANTE DEPUIS LA FLOTTE IMPERIALE.

- Ouvre une communication, ordonna l'Ildaran. Paul, tiens-toi prêt avec le squir.

Cette fois-ci, hors de question de faire patienter l'amiral de la flotte. Le commando impérial tenta bien de résister à l'assaut mental du garçon, mais c'était peine perdue. Il redevint instantanément une marionnette à ses ordres. Oria lui ôta aussitôt ses menottes magnétiques pour qu'il apparaisse libre dans la communication holographique.

L'hologramme de l'amiral apparu de nouveau dans le centre de commande

- Florilius n'arrive pas à reprendre le contrôle de la base lunaire et il n'a pas les moyens militaires de l'investir. Il est vraisemblable que ces torpilles continuent leur poursuite.

Comme Sarian s'y était attendu, l'amiral proposa un regroupement de tous les vaisseaux de combat à huit heures-lumière de la troisième planète afin de former un bloc défensif. L'IA de son navire avait calculé qu'avec les contre-mesures électroniques et les défenses actives cumulées, il était possible de détruire toutes les torpilles avec des pertes minimales.

- Je fais déplacer ma flotte vers le Seravon Prime, retrouvez-moi à distance de combat. L'officier s'était adressé à Niir avec une agressivité qui surprit Sarian.

- Vous avez raison, Amiral, répondit poliment le squir. C'est la meilleure option, je vous recontacterai lorsque nous serons à quinze minutes-lumière du Seravon Prime pour coordonner nos défenses. J'ordonne à tous mes autres croiseurs de se regrouper à distance de combat du vaisseau mère, Lieutenant Niir terminé.

Le militaire de la flotte ne prit pas la peine de répondre et coupa la communication avec le Squirs Prime. Sarian et Paul étaient soulagés par la tournure des évènements, car même s'ils n'étaient pas encore sortis d'affaire, les impériaux semblaient ne se douter de rien. Il fallait maintenant établir un plan pour échapper à cette flotte de combat qui serait bientôt à porter de tir de leur vaisseau principal. La proposition de l'amiral avait au moins l'avantage de fournir une bonne raison à leurs onze navires de revenir au contact du porte-croiseurs, sans éveiller les soupçons.

- Oria et Paul, vous pouvez ramener Niir dans sa cabine, il est peu probable que l'on ait besoin de lui avant plusieurs heures. Sarian semblait un peu fatigué malgré ses Nanocrytes et l'arrivée de soixante croiseurs de guerre l'inquiétait sérieusement.

Le second de Corvin, qui avait retrouvé son libre arbitre, fulminait, mais il savait qu'il n'avait aucune chance d'atteindre ses ennemis avant d'être neutralisé. Bien qu'amélioré, avec un pack Nanocrytes de niveau six, l'arme pointée sur lui par Xionnes ne lui laissait aucune ouverture d'autant qu'Oria l'avait de nouveau menotté avant que Paul ne relâche son contrôle mental. Il avait pensé se suicider pour empêcher les rebelles de l'utiliser comme une marionnette, mais sa loyauté envers l'empereur n'était pas suffisante pour qu'il se sacrifie ainsi.

Il lui était, également, venu l'idée qu'il y aurait peut-être des psykans à bord des vaisseaux impériaux et qu'il pourrait envoyer un message d'alerte. Avec un peu de chance, il parviendrait à avertir les croiseurs et même s'il y perdait la vie il aurait au moins la satisfaction d'avoir vengé Corvin.

Il se laissa donc ramener sagement à sa cabine et reprit tranquillement sa lecture tout en restant concentré sur son plan. *Et il me reste une carte à jouer s'ils me laissent monter vivant à bord du Seravon Prime*, songea-t-il, un rictus aux lèvres.

Les heures qui suivirent furent d'une monotonie laissant présager du pire. Le Squirs Prime rattrapait tranquillement les trois croiseurs devant lui, qui avaient réduit leur vitesse pour l'attendre, et ils navigueraient de concert dans moins de trente minutes. Sarian surveillait les données tactiques et constata que la salve de disques-torpilles comblait lentement son retard sur les quatre appareils. De son côté, la flotte impériale s'était positionnée à un million de kilomètres du Seravon Prime et tous leurs systèmes d'armes étaient activés.

Si les impériaux ouvraient le feu sur le porte-croiseurs, à si courte distance, celui-ci ne survivrait certainement pas face à soixante croiseurs de combat et ils perdraient alors un énorme atout logistique. En état de défense les systèmes d'armes détecteraient immédiatement toute attaque hostile et les croiseurs lanceraient leurs torpilles et déclencheraient les rayons disrupteurs. En quelques nanosecondes, tout serait terminé. Il restait à Sarian environ une heure pour décider s'ils tentaient de s'échapper avec l'aviso ou s'ils jouaient la carte du porte-croiseurs. S'il attendait trop longtemps, le Squirs Prime serait, lui aussi, à portée des armes de la flotte et ils risqueraient tous leur vie. Mais parvenir à s'échapper, sans combattre, d'un système verrouillé par soixante croiseurs de combats regroupés à distance de sauts relevait du miracle.

Paul avait regagné sa cabine et il ne s'était plus montré depuis plusieurs heures. L'adolescent s'était fait servir à manger par les androïdes du bord, mais avait refusé toute discussion, même avec

Oria ou Mélanie. Cette dernière ne semblait pas trop affectée par la situation et elle avait cherché à se rapprocher de Darin, qui lui avait expliqué la situation. La jeune fille avait également passé beaucoup de temps à observer l'espace depuis une salle tactique qui reproduisait fidèlement l'espace environnant avec une netteté fabuleuse. L'IA lui avait montré la Terre maintenant loin derrière le vaisseau, le Seravon Prime ainsi que la flotte impériale. Elle paraissait captivée par les possibilités techniques du petit aviso.

Oria en avait profité pour se reposer, car elle percevait directement la détresse de Paul à travers le lien psychique qui les liait et cela l'obligeait à partiellement fermer son esprit, car les sentiments du jeune homme risquaient d'endommager son équilibre psychique si elle maintenait la connexion mentale.

Elle avait bien essayé de lui enseigner à contrôler son esprit, mais il n'arrivait pas à se concentrer suffisamment et les gemmes qui entouraient sa tête semblaient amplifier ses émissions psychiques. Cette situation allait malheureusement profiter aux psykans impériaux.

L'IA de bord pilotait le petit vaisseau sans se préoccuper des engins de mort lancés dans son sillage et commença à aligner sa vitesse sur les trois navires de guerre qui les précédaient.

- IA, les torpilles sont-elles directement dans notre sillage ? s'enquit soudain Sarian, qui venait d'avoir une idée.

- Oui, elles sont verrouillees sur le Squirs Prime. L'IA du Seravon m'indique que tous nos croiseurs sont revenus en protection autour de notre navire amiral.

- Bien. Que cinq d'entre eux restent en soutien et que les autres appontent. Pour les torpilles planétaires, si nous reprogrammons leurs données d'acquisitions sur la flotte impériale, à partir de quelle distance les impériaux détecteront-ils le changement ? demanda l'ildaran.

- Comme nous naviguons directement vers la flotte et que les torpilles sont en ligne derriere nous, ils ne peuvent pas le detecter avant que les senseurs actifs des torpilles ne les eclairent a une distance de quinze millions de kilometres. Par contre, si nous modifions notre trajectoire ils s'en apercevront immediatement, car les torpilles ne changeront pas de cap.

- Où sommes-nous par rapport aux trois autres croiseurs ? Voulut savoir Sarian.

- Nous naviguerons de concert dans trois minutes

L'Ildaran exposa son plan et transmit ses instructions à l'IA du vaisseau. L'aviso devait aligner sa vitesse sur les trois croiseurs puis rester dix minutes en formation. Ensuite chaque appareil amorcerait une trajectoire décalée de trente degrés par rapport au centre du dispositif.

- Tu enverras un message à la flotte impériale indiquant que l'on cherche à savoir ainsi quels sont nos vaisseaux pris pour cibles. En combien de temps peuvent-ils se rendre compte que les torpilles ne nous suivent pas ? Se renseigna Sarian.

- Apres quarante-cinq secondes de vol devie de notre trajectoire initiale, l'ecart angulaire de poursuite entre les torpilles et nos croiseurs devrait etre repere par la flotte.

- Reprogramme les données d'acquisition des torpilles sur la flotte impériale et contacte Paul et Oria, nous pourrions avoir besoin de Niir fit Sarian en étendant ses bras en arrière d'un air satisfait.

*

Chapitre 6

Pendant ce temps, Florilius essayait toujours de reprendre le contrôle du système de défense et s'apprêtait à se poser sur l'aire d'atterrissage. L'IA de la base australienne avait envoyé un message à l'IA lunaire, mais celle-ci n'avait pas daigné répondre. Le commandant de la base scientifique, sûr des procédures de sécurité ildaranes, voulait naturellement vérifier l'état des systèmes de contrôles des armes du satellite terrestre, car, même s'il n'y avait plus de torpilles dans les silos de tirs, les canons à disrupteur moléculaires restaient dangereux.

- IA base lunaire, ici le commandant Florilius de la base permanente sur la planète Terre, en fonction des procédures de contrôle 88965 A, je te demande de me laisser l'accès aux installations avec mon équipe technique.

- CENTRE AUTONOME DE CONTROLE, BIEN REÇUT VOTRE DEMANDE. CONTRAINT DE REFUSER, COMMANDANT, répondit le calculateur quantique.

- POURQUOI L'IA NE REPOND-ELLE PAS ? demanda sèchement l'impérial.

- L'IA DYSFONCTIONNE, ELLE S'EST MISE EN SECURITE, J'ASSURE LE COMMANDEMENT DE LA STATION.

- Laisse-moi accéder aux installations pour vérifications techniques de l'IA de contrôle, exigea le commandant passablement énervé.

- IMPOSSIBLE, COMMANDANT. NOUS SOMMES EN ALERTE DE NIVEAU HUIT DEPUIS L'ENTREE D'UNE FLOTTE DE GUERRE DANS CE SYSTEME PLANETAIRE. JE NE PEUX PAS VOUS LAISSER PENETRER DANS LA BASE.

- Contrôle, il s'agit d'une flotte impériale ildarane, vous me devez obéissance. Vos règles de sécurité ne s'appliquent pas dans ce cas, laissez-moi accéder aux installations ! vociféra l'officier.

- Je repete, commandant. Je ne peux pas vous laisser acceder a la base, nos systemes d'armes sont verrouilles sur cette flotte d'invasion, eloignez-vous immédiatement.

- Mais il ne s'agit pas d'une flotte d'invasion ! C'est une flotte impériale ! éructa Florilius, hors de lui.

- Commandant ! Dernier avertissement, eloignez-vous. Vous etes entre dans ma sphere de protection. La base est en etat de defense, vous avez vingt-cinq secondes pour modifier votre trajectoire avant destruction de votre glisseur.

Bien que ne comprenant pas la raison de ce blocage, la menace de destruction suffit à faire réagir Florilius, qui changea immédiatement de cap. Les boucliers *Horlzson* de son petit glisseur de combat ne pourraient même pas survivre à un seul tir des énormes disrupteurs moléculaires qui défendaient la base lunaire.

- IA, mets-moi en relation avec le croiseur amiral immédiatement. Ordonna le commandant de la spatiale au contrôle de son glisseur.

- Ligne holocom ouverte vers la flotte.

- Commandant Florilius au rapport. L'IA de la base lunaire dysfonctionne : la flotte est considérée comme hostile. D'après le contrôle de secours, les torpilles sont verrouillées sur vous. Accusez réception.

- Ici le capitaine Karyo. L'amiral Seravon est dans sa cabine. Je lui demande de venir sur la passerelle. Êtes-vous sûr de vos informations ? D'après nos senseurs, les torpilles sont verrouillées sur les croiseurs squirs qui viennent de la troisième planète. Répondit un militaire tiré aux quatre épingles.

- Le contrôle lunaire vient de m'informer de la nature hostile de votre flotte et du verrouillage de tous ses systèmes d'armes sur vous. Florilius venait de comprendre pourquoi le visage de l'amiral lui avait semblé familier. Il s'agissait d'un membre de la famille de l'empereur.

- Nos senseurs indiquent pourtant que la cible est l'aviso Squirs Prime, mais les torpilles sont encore trop loin pour que les systèmes d'acquisition actifs soient verrouillés. J'informe l'amiral de ces nouvelles données. Terminé. Le capitaine coupa la communication avait un mauvais pressentiment.

L'IA du Squirs Prime avait détecté la communication et Sarian avait aussitôt ordonné de l'intercepter. Ils n'avaient malheureusement réussi à capter que la fin de la transmission, mais l'ildaran aurait presque embrassé Florilius pour son intervention. Inutile maintenant de changer de cap, il lui suffisait d'attendre tranquillement que l'amiral le contacte pour lui proposer son plan. L'attente fut de courte durée : car, moins de six minutes plus tard, l'IA de bord annonça une communication entrante venant de la flotte impériale.

- Je veux parler au lieutenant Niir ! Le ton de l'impérial ne laissait pas place à la discussion.

- Il se repose, je suis son second à bord. Répondit poliment Sarian d'un ton neutre et impersonnel.

- Faites-le venir sur la passerelle immédiatement ! ordonna l'amiral d'un ton méprisant.

- Amiral, avec tout le respect que je vous dois, je vous rappelle que les squirs dépendent directement de l'empereur et que vous n'avez pas à ordonner quoi que ce soit au lieutenant Niir ou à qui que ce soit d'autre de notre unité. Répliqua posément Sarian, malgré un début de colère face à l'impolitesse manifestement volontaire du haut gradé.

- Allez me chercher Niir immédiatement ou je vous ferai exécuter. Précisez-lui que l'amiral Aki Seravon exige sa présence !

Sarian venait de se rendre compte de son impair. Même s'il se moquait de la colère de cet imbécile, sa parenté avec l'empereur pourrait lui donner envie de prendre provisoirement les squirs sous sa coupe et ils n'avaient pas besoin de cela. Il décida donc de faire profil bas et de flatter son interlocuteur. Il se mit au garde-à-vous ildaran : main gauche sur la couture de son uniforme et poing droit replié sur le cœur.

- À vos ordres, amiral ! Il se tourna vers Darin. Fais venir le lieutenant sur la passerelle et, se retournant vers l'hologramme Com, il salua l'amiral : Seravon Ildaran Frîîkr.

L'amiral esquissa un léger frémissement du coin des lèvres qui démontra à Sarian que son petit jeu de soldat soumis avait fonctionné. Il fallut quelques minutes pour que Niir arrive sur la passerelle, accompagné par Darin. Délai pendant lequel Paul et Oria avaient été briefés sur la parenté de cet amiral de l'empire et sur les raisons de son appel.

La prise de contrôle du squir devenait plus simple à chaque fois, mais obligeait Paul à entrer en quasi-communion avec l'esprit du commando impérial. Il chercha encore la trace de la pensée étrangère et hostile détectée les fois précédentes, mais elle semblait avoir définitivement quitté Niir. Il restait néanmoins une zone verrouillée dans son environnement mental et cela intriguait l'adolescent. Ses gemmes étincelaient et cherchaient visiblement à abattre cette barrière mentale autour d'un point qui apparaissait sombre dans la représentation psychique du Squir. Paul décelait également un souvenir masqué derrière cette barrière. Que cherchait à cacher Niir ? Le jeune Verakin aurait aimé avoir le temps d'obtenir des réponses, mais l'heure n'était pas à l'exploration de la psyché du commando, car il fallait lui faire tenir son rôle, face au cousin de l'empereur.

Paul composa donc un masque d'inquiétude sur le visage de Niir, ce qui sembla ravir Aki Seravon.

- Niir, un message de Florilius vient de nous avertir que nous pourrions bien être la cible des torpilles lancées depuis le satellite de la troisième planète ! Quelles sont vos données de poursuite ? demanda le capitaine Karyo sous le regard agacé de l'amiral Seravon.

- Nos senseurs ne détectent pas de scanners actifs depuis les torpilles, nous sommes trop loin. Nous pouvons donc uniquement nous appuyer sur leur trajectoire qui suit rigoureusement le nôtre. Nous avons pensé être la cible, car l'IA de la lune a tiré lorsque nous avons quitté la proximité de la Terre. Répondit Niir d'un air soumis.

- Déroutez légèrement vos croiseurs de vingt degrés, nous verrons bien si ces engins calculent une nouvelle trajectoire d'interception, proposa Karyo.

- IA, ordonne aux autres bâtiments de se dérouter de vingt degrés et synchronise la manœuvre, ordonna aussitôt Niir, contraint par Paul.

Il fallut moins de dix nanosecondes pour que les navires squirs soient totalement synchronisés. Ils effectuèrent une manœuvre simultanée qui modifia leur cap. Sans surprise pour les passagers du Squirs Prime, les deux cents torpilles ne modifièrent pas leur trajectoire d'un iota.

- Florilius avait donc raison. Mais qu'est-ce qui lui prend à cette IA ? s'exclama, furieux, l'amiral de l'empire. Puis, relevant la tête : qu'en pensez-vous Niir ?

Darin avait détaillé le plan de Sarian à Paul et celui-ci savait parfaitement quoi faire dire au lieutenant impérial sous son contrôle.

- Au lieu de maintenir une ligne de défense en arc de cercle, nous pourrions mettre le Seravon Prime devant votre flotte, cela pourrait obliger les torpilles à le contourner. Avec le porte-croiseurs et nos navires en soutien, nous pourrons déjà en détruire un bon nombre, avant que le reste ne soit sur vous. Proposa le Squir.

- C'est risqué. L'IA lunaire pourrait vous prendre pour cible et détruire le Seravon Prime. C'est le navire personnel de l'empereur. Répliqua le militaire, sur un ton impersonnel.

- Je pense qu'il serait plus attristé à l'idée de perdre un membre de sa famille que son navire amiral. Objecta Niir, d'un air faussement ingénu. Paul lui avait façonné volontairement une expression naïve pour influencer le cousin de l'empereur.

L'amiral réfléchissait rapidement, mais Paul avait bien manœuvré. L'officier supérieur ne pouvait pas proposer lui-même cette solution, car il était vraisemblable que le Seravon Prime soit très gravement endommagé dans l'affrontement avec les torpilles de classe planétaire, mais avec la proposition du squir, Aki Seravon pourrait toujours prétexter qu'il avait été prêt à se sacrifier, mais que Niir avait préféré interposer le porte-croiseurs. Les conversations étant enregistrées, cet idiot de commando venait de lui sauver la vie.

- Vous avez probablement raison. Bien que je préférerais donner ma vie plutôt que de perdre le bâtiment personnel de mon cousin, vous avez l'autorisation de faire manœuvrer vos appareils. Il avait appuyé sur le mot cousin pour affirmer encore plus son autorité informelle sur les squirs.

- Nous devrions pouvoir limiter les pertes, amiral. Le Seravon Prime est un bâtiment équipé de puissantes défenses et nous pouvons sacrifier les croiseurs automatiques. Nous avons encore un peu d'avance sur les torpilles. Je vais engager cinq croiseurs. Notre vaisseau mère va s'interposer devant votre flotte. De votre côté, je suggère que vous accélériez au maximum pour les distancer et une fois que vous aurez atteint une distance de saut, que vous transitiez de l'autre côté du système. Le Seravon Prime va engager le combat et en détruire le maximum puis se tiendra prêt à vous rejoindre lorsque les torpilles seront à moins de trois cent mille kilomètres. Niir avait proposé la stratégie établie par l'IA du vaisseau pour éloigner la flotte du porte-croiseurs. Sarian espérait que l'amiral tomberait dans le panneau et avaliserait ce plan.

- Bonne stratégie, lieutenant Niir, nous manœuvrons. Terminé. Conclut l'officier supérieur, visiblement soulagé de ne pas avoir à risquer sa vie et celles de ses hommes.

L'amiral avait, pour la première fois, ajouté le titre du squir, ce qui semblait indiquer que son humeur s'améliorait. Il fallait que Sarian profite de cet intermède pour s'échapper. Tout semblait se présenter au mieux : la flotte allait prendre un peu le large pendant que les trois croiseurs et l'aviso embarqueraient dans le Seravon Prime qui était paré à transiter loin de ce système. Pendant que l'amiral de l'empire se demanderait encore où avait bien pu passer l'énorme vaisseau, celui-ci serait tranquillement en train de se diriger vers la bordure du bras spiral du Cygne, de l'autre côté de la galaxie.

Sarian sourit intérieurement et ordonna à l'IA de positionner cinq croiseurs à distance de combat autour du Seravon Prime. Ils étaient tous dans une sphère de trois millions de kilomètres de rayon, qui représentait l'espace de défense de l'énorme bâtiment.

Il fallait maintenant tout calculer minutieusement. Heureusement, les navires étaient pilotés par des IA et celle du

Squirs Prime pouvait coordonner les quatre appareils pour qu'ils appontent en même temps dans l'énorme vaisseau mère.

Avec son système d'appontage ressemblant à un immense barillet, le gros navire était capable d'accueillir huit croiseurs simultanément tout en étant en état de défense maximum : boucliers *Horlzson* déployés et systèmes d'armes activés. Sarian, qui ne voulait rien négliger, demanda à l'IA du bord de mettre le porte-croiseurs en situation d'alerte maximale au cas où les impériaux découvriraient la supercherie. Même si le risque lui semblait vraiment faible, il ne fallait pas encore considérer la partie comme gagnée. Ce surcroît de prudence allait bientôt leur sauver la vie.

Les quatre appareils Verakin naviguaient toujours de concert, suivis par les deux cents torpilles distantes encore de trois cents millions de kilomètres. Il faudrait vingt minutes aux puissants disques à distorsion pour être à proximité du vaisseau mère, ce qui laissait une petite marge à celui-ci pour atteindre un point de saut et calculer une transition qui devrait le transporter à plusieurs dizaines d'années-lumière. Les capacités énergétiques des croiseurs impériaux étant plus faibles, la dépense d'énergie pour transiter à l'autre bout du système solaire devrait garantir l'impossibilité d'une longue poursuite. Cependant, les croiseurs devaient disposer de drones de chasse capables d'essaimer les systèmes les plus proches et il faudrait donc effectuer plusieurs sauts successifs pour échapper à toute poursuite ou se dissimuler à l'intérieur d'un système stellaire.

Ils s'acheminaient vers une phase critique du plan de Sarian, car le Squirs Prime se trouvait à moins de neuf millions de kilomètres de la flotte impériale et une torpille en phase d'accélération pouvait les atteindre en trente-cinq secondes. Le chef de la garde Verakin était donc nerveux, même si tout semblait s'orchestrer parfaitement.

- Nous sommes entres dans la sphere de defense du Seravon Prime, nous allons decelerer en vue d'appontage, tous les systemes passent sous la coordination du navire amiral. Cinq croiseurs couvrent notre defense.

Paul était tendu, car le porte-croiseur semblait gigantesque et l'idée de pénétrer dans le navire personnel de son ennemi intime l'inquiétait.

Personne ne décela de différence dans le comportement du petit aviso grâce aux systèmes de compensation de gravité pourtant l'appareil venait d'amorcer une puissante décélération, devant le faire passer d'une vitesse de 180 000 km/s à l'arrêt complet en moins de quinze minutes. En cas de nécessité, les vaisseaux pouvaient apponter en mouvement à une vitesse maximale de 40 000 km/s, synchronisée avec le porte-croiseurs, mais cette manœuvre comportait toujours des risques et la situation actuelle exigeait une totale immobilité du vaisseau mère pour pouvoir transiter en urgence.

- Nous sommes maintenant a 2,5 millions de kilometres de l'appontage et a 8,9 millions de kilometres de la flotte imperiale, mais celle-ci est en acceleration en eloignement vers la peripherie du systeme.

La totalité du groupe était réunie dans le centre tactique du petit vaisseau et tous observaient les projections extérieures avec attention. Mélanie n'avait toujours pas adressé la parole à Paul, mais il lui semblait que la jeune fille s'amusait, car elle arborait un sourire étrange, compte tenu de la gravité de la situation. Avait-elle vraiment pris la mesure du danger qu'ils couraient tous, à proximité de la flotte ennemie ?

Tant que les puissants vaisseaux de guerre n'étaient pas à plus de dix millions de kilomètres du porte-croiseurs, celui-ci courait un risque majeur. Le Seravon Prime était en état de défense maximum et tous ses canons à rayons disrupteurs étaient parés à détruire toutes menaces, mais s'ils devaient essuyer plusieurs salves lancées par soixante croiseurs, même le gros navire de guerre n'en sortirait pas indemne, à si faible distance. Sarian ne voulait prendre aucun risque avec le porte-croiseurs qui représenterait un atout considérable avec ses systèmes-usines embarqués et ses bases de connaissances.

L'ildaran ferait tout pour le conserver même s'il devait sacrifier tous les croiseurs de combat.

- IA fait manœuvrer les cinq croiseurs et intercale-les, en arc de cercle, entre la flotte et le Seravon Prime, à un million de kilomètres. Que tous les systèmes d'armes soient activés. Les impériaux penseront que nous nous apprêtons à engager les torpilles. Ordonna-t-il.

- LES CROISEURS SERONT EN POSITION DANS SOIXANTE-DIX-HUIT SECONDES.

*

À bord du navire amiral de la flotte impériale, le cousin de l'empereur était passablement agacé par ces disques-torpilles en approche. Se faire agresser par ses propres engins de guerre ! D'autant qu'il s'agissait de torpilles, de classe planétaire, autrement plus dangereuses que celles embarquées dans les navires de combat. Les dernières simulations montraient que la flotte aurait le temps d'atteindre une distance de saut et il ne serait pas nécessaire d'affronter ces engins de destruction. L'amiral était soulagé, car même si les systèmes de défense de ses vaisseaux, cumulés avec ceux du porte-croiseurs, pouvaient limiter les dommages, cet engagement aurait été consommateur de ressources : énergie *Kin*, contre-mesures électroniques et torpilles d'interception. Après un combat de cette intensité, il faudrait plusieurs heures à la flotte pour reconstituer des capacités énergétiques capables d'alimenter la propulsion *Randarion*. L'ambiance sur la passerelle était cependant tendue, car l'amiral était connu pour son mauvais caractère.

Le lieutenant en charge des communications internes interrompit ses réflexions.

- Amiral, j'ai une demande holocom urgente venant du croiseur Huriu.

- Si l'appel n'est pas confidentiel, activez-la sur la passerelle, l'amiral pensa détendre l'atmosphère en laissant la communication accessible à tout le centre opérationnel.

- Amiral, ici le capitaine Zérion du Huriu. Comme vous le savez, nous avons à bord quatre psykans, détachés par l'empereur. Ils viennent de capter un appel mental qui viendrait du lieutenant Niir. Annonça le militaire en saluant l'amiral.

- Du lieutenant Niir ? Mais je viens de l'avoir en holocom il y a quelques minutes ! La surprise s'afficha sur le visage d'Ika Seravon.

- D'après nos psykans, il était sous le contrôle d'Ishar Verakin qui dispose de capacités psychiques considérables. Nos psykans rapportent que celui-ci serait capable de prendre totalement de contrôle d'un individu, y compris d'un psykan de haut niveau comme Niir. Ils ne connaissent pas de précédent, mais d'après eux le schéma mental serait bien celui de Niir. Ils ont tenté de sonder l'espace en direction des appareils du Seravon Prime, mais ils ne perçoivent qu'une grande détresse. D'après le lieutenant Niir, il s'agirait d'Ishar Verakin, qui contrôle mal ses pouvoirs mentaux. Rétorqua le capitaine d'un air assuré. Il croyait visiblement les psykans présents sur son vaisseau.

L'amiral était amélioré aux Nanocrytes de niveau 6 et, même s'il n'était pas un génie, il n'était pas parvenu à ce poste uniquement grâce à sa parenté avec l'empereur. Il réfléchissait rapidement et activa aussitôt une commande secrète à partir de ses Nanocrytes de communication. L'empereur disposait d'une carte décisive dans la traque du dernier Verakin et seul l'amiral en était informé à bord. Corvin, le chef de Squirs l'avait su également, mais, comme il était mort, Aki Seravon était le seul dépositaire de cette information dans ce système solaire.

Ne souhaitant pas se reposer uniquement sur cet élément de surprise, il chercha à en déduire un peu plus à partir de données factuelles. En attendant le retour d'information de son action, il continua à échanger avec Zérion.

- Pour que ce scénario soit crédible, il faudrait que les rebelles aient pris le contrôle des IA du Squirs Prime et du porte-croiseurs. Comment est-ce possible ? Que disent vos psykans à ce sujet ? s'enquit-il auprès du capitaine de vaisseau.

- D'après le lieutenant Niir, Ishar Verakin dispose de ressources mentales très supérieures à ce que nous connaissons. Il ne l'explique pas, mais confirme que les rebelles sont maîtres de tous les appareils squirs. Énonça le militaire sans hésitation.

- Et Niir serait capable de communiquer à une telle distance ? Ika Seravon n'était pas familier des psykans, mais il lui semblait impossible de correspondre mentalement à presque dix millions de kilomètres.

- Seul, certainement pas, mais il a formé un lien mental avec les survivants de son équipe squir et ils ont lancé un appel à l'aide. Les psykans du bord ont ensuite amplifié ce lien pour commencer à échanger. Par contre, nous sommes en train de nous éloigner rapidement des vaisseaux squirs et ils vont bientôt perdre le contact, prévint Zérion.

- Quelle foi apportez-vous à cette hypothèse capitaine ? L'amiral commençait à croire à ce scénario, mais il voulait l'avis de son subordonné.

- Nos psykans sont formels et je ne les vois pas inventer cette histoire. Nous ne pouvons cependant pas totalement exclure l'hypothèse d'une ruse pour nous inciter à nous battre entre nous. Ajouta le capitaine du Huriu.

- En effet, c'est à cela que je pensais. Quelles que soit les ressources rebelles dans ce système, s'ils parvenaient à déclencher un affrontement entre nos deux flottes, il ne resterait plus grand-chose capable de les menacer à court terme. Si nos ennemis ont de telles capacités psy, ils pourraient avoir forcé Niir à envoyer ce message. L'amiral réfléchissait tout haut.

- D'un autre côté, pour influencer Niir, il faudrait que les rebelles soient à bord de l'un des quatre vaisseaux en approche du Seravon Prime. Et s'ils sont à bord, c'est qu'ils ont le contrôle et l'assertion de Niir est correcte. CQFD, Zérion venait de démontrer que les psykans avaient raison.

- Bien vu, capitaine Zérion. Si nous acceptons l'hypothèse que le Squirs Prime, voire la totalité de la flotte squir, est sous le contrôle de l'ennemi : nous devons les détruire. Cela risque de faire de sacrés dégâts à si courte distance... Ika Seravon s'imaginait déjà annoncer à son cousin qu'il avait abattu son navire personnel.

L'amiral aurait bien aimé en être totalement sûr avant d'engager le combat. Il fallait essayer d'identifier des incohérences dans leur comportement de ses dernières vingt-quatre heures. Ika Seravon se remémora l'annonce de la mort de Corvin. Niir, certainement sous le contrôle des rebelles, avait indiqué qu'il était mort au combat. Curieux qu'il soit le seul à avoir péri dans un combat contre les gardes Verakin. Le second fait étrange était le lancement des deux cents torpilles planétaires et l'avarie simultanée du Squir Prime. Comme si les navires attendaient les torpilles. L'amiral fut convaincu lorsque les senseurs de son bâtiment indiquèrent que les croiseurs squirs avaient pris position entre la flotte et le Seravon

Prime. S'ils avaient voulu protéger le porte-croiseurs et la flotte, ils se seraient positionnés entre les torpilles et leur navire amiral. D'autant que les unités automatiques étaient aisément remplaçables. *Ce capitaine Zérion a raison,* pensa Ika Seravon.

- Vous méritez bien votre titre de capitaine. Vos informations militent pour une attaque imminente, mais j'aimerais être certain avant d'engager les hostilités contre le porte-croiseurs personnel de l'empereur…

- Il faut faire vite, amiral : si mon hypothèse est vérifiée, nous allons nous retrouver face à deux cents torpilles planétaires, un porte-croiseurs et quinze croiseurs de combat. S'ils ouvrent le feu les premiers, nous n'avons aucune chance. Notre seule option est de tenter de détruire les cinq croiseurs d'escorte déployés et d'endommager gravement le Seravon Prime avant que les torpilles planétaires soient à portée d'activation. Objecta le capitaine.

- Oui, votre analyse est parfaite, mais il faudrait essayer d'en savoir plus sur les ressources exactes du Seravon Prime. L'empereur n'a jamais communiqué les spécifications techniques de son navire personnel, mais je ne doute pas un seul instant qu'il soit extrêmement bien protégé. IA de quelles données disposons-nous sur ses systèmes d'armes ? L'amiral voulait être rassuré sur la faisabilité de destruction du gigantesque vaisseau.

- LE SERAVON PRIME EST SORTI DES CHANTIERS SPATIAUX DE RELICAN II IL Y A CINQ ANNEES ILDARANES. UN SECRET QUASI TOTAL A ETE MAINTENU DURANT TOUTE SA CONSTRUCTION ET NI PLANS OU DONNEES TECHNIQUES NE SONT DISPONIBLES DANS LES BASES DE CONNAISSANCES DE L'EMPIRE. JE PEUX UNIQUEMENT VOUS COMMUNIQUER QU'IL FAIT NEUF CENT CINQUANTE METRES DE DIAMETRE. JE NE POSSEDE PAS DE DONNEE SUR SA MASSE EXACTE ET LES SENSEURS DE LA FLOTTE SE HEURTENT A AU MOINS TROIS

COUCHES SUPERPOSEES DE CHAMPS HORLZSON. AUCUNE INFORMATION SUR LES SYSTEMES D'ARMES.

- Vous avez entendu Zérion. Nous ignorons totalement si, avec nos soixante croiseurs, nous pouvons même atteindre ce navire. L'amiral essayait de gagner du temps en espérant que son informateur pourrait lui communiquer plus d'informations.

- À mon avis amiral, s'ils se sentaient totalement à l'abri, ils n'auraient pas déployé cinq croiseurs, avança le capitaine du Huriu.

- Certainement. Mais le fait qu'ils n'aient pas déployé les dix autres m'incite à penser qu'ils ne craignent pas beaucoup notre flotte. Est-ce que vos psykans ont capté quelque chose de nouveau ?

Le capitaine du Huriu se retourna vers son lieutenant qui entra dans le champ holographique :

- Non amiral, ils ont perdu le contact depuis neuf minutes : la distance devient trop importante et ils ne pensent pas pouvoir rétablir la communication si nous continuons à nous éloigner.

- Merci lieutenant, laissez-moi quelques minutes de réflexion. IA quelles sont les options tactiques pour engager la flotte squirs ? L'amiral se gratta le crâne qui signifiait, chez lui, une profonde indécision.

- NOUS SOMMES A 11,5 MILLIONS DE KILOMETRES DU CROISEUR LE PLUS PROCHE ET A 12,4 MILLIONS DE KILOMETRES DU SERAVON PRIME. NOUS POUVONS LANCER DES SALVES DE QUATRE CENT QUATRE-VINGTS TORPILLES OFFENSIVES, HUIT PAR CROISEURS. NOUS SOMMES EN SUPERIORITE NUMERIQUE, MAIS JE NE DISPOSE PAS D'INFORMATION SUR LES CAPACITES OFFENSIVES ET DEFENSIVES DU NAVIRE DE L'EMPEREUR. SI JE ME REFERE AUX INFORMATIONS DISPONIBLES SUR LES PORTE-CROISEURS DE

NEUF CENTS METRES, ILS SONT EQUIPES DE SOIXANTE-SIX LANCES TORPILLES ET DE VINGT-QUATRE INTERCEPTEURS A RAYONS DISRUPTEURS. DE QUOI NEUTRALISER AISEMENT UNE OU DEUX SALVES, MAIS SI NOUS MAINTENONS UNE CADENCE DE TIRS ELEVEE, NOUS DEVRIONS SURCHARGER LEURS DEFENSES APRES LA CINQUIEME SALVE. À CETTE DISTANCE, NOS TORPILLES SERONT SUR L'OBJECTIF EN QUARANTE-CINQ SECONDES. LES CAPACITES DE REACTION DES CALCULATEURS DE COMBAT ADVERSES DEVRAIENT LANCER LEURS TORPILLES MOINS DE DIX NANOSECONDES APRES DETECTION DE NOS TIRS. SI NOUS ESTIMONS LEUR CAPACITE DE FEU SUR LES ELEMENTS PRECITES NOUS DEVONS NOUS ATTENDRE A DES SALVES DE SOIXANTE-SIX TORPILLES EN PROVENANCE DU SERAVON PRIME ET QUARANTE DES CINQ CROISEURS. NOS CONTRE-MESURES ET INTERCEPTEURS DEVRAIENT POUVOIR FACILEMENT LES NEUTRALISER. IL FAUDRA ENSUITE TENIR COMPTE DES DEUX CENTS TORPILLES PLANETAIRES, AUTREMENT PLUS PUISSANTES ET PROTEGEES PAR DES CHAMPS HORLZSON. IL FAUT IMPERATIVEMENT REDUIRE LES CAPACITES OFFENSIVES DE LA FLOTTE SQUIR AVANT D'AVOIR A AFFRONTER LES TORPILLES PLANETAIRES, CAR NOUS NE POURRONS FAIRE FACE. LA FENETRE D'OPPORTUNITE EST DE SEPT MINUTES. AMIRAL, JE DETECTE UNE EMISSION PROVENANT DE NOTRE CROISEUR. UN SIGNAL CODE INCONNU.

- Aucune inquiétude, je suis l'émetteur. Il s'agit d'une communication classée confidentielle impériale. J'attends d'ailleurs une réponse. Répliqua l'amiral de l'empire.

*

La situation semblait figée comme dans un tableau. La flotte impériale avait accéléré à 0,5c pour prendre le maximum de distance atteindre un point de saut. Le Seravon Prime était immobile dans l'espace. Cinq de ses croiseurs étaient déployés en protection et trois autres se préparaient à entrer dans l'énorme vaisseau accompagné du petit aviso.

- Capitaine Sarian, je reçois un signal code provenant des vaisseaux de la flotte Ildarane. Ce signal est identique a celui deja detecte sur Terre.

- Une hypothèse sur ce signal ? demanda Sarian soudain en alerte.

- Comme celui deja repere, cela se rapproche d'un signal d'activation, mais aucune donnee suffisante pour l'identifier.

- Enregistre tout et essaye de le décoder puis verrouille les communications. L'ildaran s'agita sur son siège, au milieu de la salle tactique du petit aviso. Se pouvait-il qu'il y ait des dispositifs de surveillance à bord ?

- Trop tard ! Je viens de capter un signal venant de notre appareil. Il s'agit clairement d'une reponse, car la flotte vient d'emettre un autre code.

Cette fois-ci plus de doute, il y avait un système d'espionnage et les impériaux avaient découverts la supercherie. Heureusement, les quatre vaisseaux venaient juste d'apponter dans le Seravon Prime.

- État d'alerte maximum à tous les appareils. Paré au combat !

L'IA eut juste le temps d'enregistrer les ordres et l'enfer se déchaîna. L'amiral Seravon avait pris sa décision.

Salve de quatre cent quatre-vingts torpilles verrouillees sur le Seravon Prime en provenance de la flotte ! Les contre-mesures sont lancees, disrupteurs actives, les croiseurs de protection repliquent : salve de quarante torpilles. Replique du Seravon Prime : salve de cent vingt torpilles, seconde salve du Seravon Prime.

Aucun humain n'aurait eu le temps d'intervenir, les calculateurs de combat avaient riposté dans les nanosecondes suivant la détection de l'attaque. La proximité de tous ces navires de guerre rendait toute stratégie inutile. Ordinairement, ces vaisseaux s'affrontaient à plusieurs dizaines de millions de kilomètres, voire plusieurs minutes lumières. La flotte avait tiré alors qu'elle était seulement à douze millions de kilomètres du Seravon Prime et chaque torpille pouvait théoriquement atteindre sa cible en moins de quarante-cinq secondes. Les contre-mesures avaient été lancées quatre nanosecondes après le début de l'attaque et la première salve de torpilles, deux nanosecondes plus tard. Les quatre-vingt-seize batteries de rayons disrupteurs étaient déjà en train de détruire les engins les plus proches. Il ne fallait surtout pas qu'une torpille se rapproche à moins de 150 000 kilomètres et active son champ de distorsion.

C'est à ce moment précis que le Randor émergea en mode furtif à deux cent cinquante millions de kilomètres de cette bataille stellaire.

*

Sarian se demandait encore comment les impériaux avaient pu introduire un mouchard à bord alors que la flotte ennemie venait de tirer une troisième salve lorsque l'amiral appela le Squirs Prime.

- Rebelles ! rendez-vous, vos bâtiments ne peuvent pas s'échapper de ce système !

- COMMANDANT, LES TORPILLES PLANETAIRES DE LA BASE LUNAIRE SONT EN ACQUISITION DES VAISSEAUX DE LA FLOTTE. QUELLES CIBLES DOIT-ON AFFECTER EN PRIORITE ?

- Vingt torpilles sur le navire amiral et les autres sur les vingt croiseurs les plus proches. Cela va les occuper un moment. Ordonna Sarian.

Les disques mortels passèrent à moins de mille kilomètres du porte-croiseurs à la vitesse de 150 000 km/s, provoquant une onde gravitique qui fit vibrer le gigantesque vaisseau malgré ses compensateurs de gravité. Les puissants engins de classe planétaire se dirigeaient droit vers la flotte impériale. Il leur faudrait moins d'une minute pour atteindre les premiers bâtiments, mais les impériaux avaient déjà réagi et douze navires tentaient de s'interposer pour protéger leur navire amiral. Leurs canons à disrupteur moléculaire zébraient l'espace de salves continues, mais la lutte était inégale et les bâtiments disparurent rapidement dans l'activation de mini-trous noirs. Seuls trente-six disques-torpilles avaient été détruits et le solde s'ajoutait aux salves du Seravon Prime et des cinq croiseurs qui lâchaient bordée sur bordée. L'espace était saturé d'engins de mort, de contre-mesures électroniques, de rayons disrupteurs et de mini-trous noirs déformant l'espace et rendant les communications pratiquement impossibles entre les deux flottes.

Le combat était engagé depuis moins de deux minutes et il y avait déjà trente-deux croiseurs adverses détruits ou hors de combat. Sur les cinq croiseurs du Seravon Prime, deux étaient sérieusement endommagés, mais ils avaient bénéficié des systèmes de protection du gros bâtiment. Une seule torpille était parvenue à s'activer à moins de cent soixante-dix mille kilomètres du gros navire de combat, mais les puissants champs *Horlzson* avaient absorbé le choc sans encombre. Paul avait pu observer l'effet d'un mini-trou noir sur le champ de protection. Une distorsion gravitationnelle était soudainement apparue à l'emplacement du disque qui s'était activé et la gravité avait commencé à aspirer tout ce qui se trouvait à proximité. L'espace interstellaire et la lumière des étoiles avaient paru se déformer et le premier champ *Horlzson* extérieur avait flamboyé puis s'était distendu et avait éclaté sous l'attraction fatale. Le second écran avait résisté et le trou noir disparu aussi soudainement qu'il était apparu. Sans champ *Horlzson* toute la matière du navire aurait été disloquée et avalée par le puit gravitationnel qui aurait recraché un jet de rayon gamma comme preuve de sa digestion de particules.

Mais ils n'étaient pas sauvés pour autant, car de nouvelles salves étaient en approche et les réserves de contre-mesures et de torpilles défensives commençaient à diminuer sérieusement.

- IA que les cinq croiseurs de couvertures se lancent à l'attaque de la flotte impériale sans souci pour leur intégrité. Qu'ils lancent toutes leurs torpilles et qu'ils couvrent notre retraite pendant que tu nous déplaces vers le point de saut le plus proche. Décida Sarian.

Les quatre appareils provenant de la Terre étaient amarrés dans leurs berceaux à l'abri dans la forteresse spatiale et l'ildaran comptait transiter au plus vite, avant que ses réserves d'énergie ne baissent trop, car les champs *Horlzson* superposés consommaient énormément pour garantir l'intégrité du bâtiment. Heureusement, l'amiral Seravon ne semblait pas avoir connaissance de toutes les ressources du vaisseau personnel de l'empereur. Cependant, il ne fallait pas trop surestimer leurs forces, car, malgré les puissantes ressources de la grosse sphère de guerre, ils n'étaient pas à l'abri d'une avarie majeure qui pourrait endommager la propulsion *Randarion* et les immobiliser dans ce système solaire. Les cinq croiseurs de soutien allaient donc se sacrifier pour leur éviter d'être touchés trop sérieusement.

L'IA du Squirs Prime l'informa soudain d'une demande holocom en provenance d'un nouvel appareil non repéré par les senseurs.

- Ouvre une communication directionnelle et passe en stabilisation inertielle dès que nous serons sur un point de saut.

- Ici le Randor. Demande clarification de la situation. Le message laconique laissait penser que Rliostem et Klosteran cherchaient encore à décrypter la situation.

- Ici Sarian, à bord du porte-croiseurs, vous arrivez juste à temps. Encore quelques minutes et nous aurions quitté le système. Êtes-vous capable de transiter rapidement ?

- Nos réserves d'énergie Kin sont faibles, mais pour un saut d'environ vingt années-lumière c'est faisable dans moins d'une minute, le temps de le calculer. Que faites-vous à bord de cet appareil ? s'enquit Klosteran d'une voix empreinte d'étonnement.

- Trop long à expliquer. Retrouvez-nous dans le système d'Epsilon Eridani, à 10,5 AL. Ce système comporte une planète jovienne qui pourra nous masquer si nous décidons d'y séjourner un moment. Transmission terminée. Sarian coupa l'holocom avec le Randor. Malgré le cryptage, il n'était pas nécessaire de laisser aux impériaux le loisir de décoder la communication.

Une nouvelle salve de torpilles arrivait sur le porte-croiseurs et le système de contre-mesures était sollicité au maximum. Les données tactiques s'affichaient sur les rétines de Sarian, qui nota qu'il faudrait encore près de six minutes pour atteindre un point de saut. Six longues minutes pendant lesquelles le pilonnage du gros navire allait se poursuivre.

Le navire vibrait sous ses propres salves de disques-torpilles et de missiles d'interception. Les tourelles de canons à rayons disrupteurs balayaient l'espace, expulsant leur puissant rayonnement vers tous les engins ennemis en approche. L'espace était parsemé de sorte de bulles gravitationnelles qui déformait la vision environnante. Même l'image du soleil était modifiée, comme s'il bouillait. Malgré tout cet arsenal défensif, une torpille parvint à s'infiltrer à moins de 130 000 kilomètres du porte-croiseurs, avant d'être détruite par une salve de rayons. Le vaisseau sembla tanguer tant la singularité gravitationnelle était proche. Un pan entier de l'espace sembla absorbé par l'explosion invisible de l'engin ennemi. Le premier écran explosa alors que le second commençait à scintiller violemment. L'éclairage faiblit quelques millisecondes pendant lesquelles toute l'énergie disponible était détournée vers les écrans de protection. Puis le mini trou noir disparu aussi rapidement qu'il avait été généré par l'arme diabolique.

Encore quatre minutes qui parurent à tous une éternité, rythmées par les vibrations du gros vaisseau. L'IA annonça enfin la stabilisation inertielle et le gros navire ouvrit un trou de vers pour se retrouver instantanément à plus de dix années-lumière du système solaire, à huit milliards de kilomètres de l'étoile Epsilon Eridani. Le Seravon Prime avait émergé à 40° par rapport à l'axe de rotation de la première planète du système, une planète jumelle de Jupiter. Ils étaient à seulement neuf cents millions de kilomètres de leur objectif, et Sarian ordonna à l'IA de mettre le cap sur la planète jovienne. La tension commençait à retomber même si tous les détecteurs étaient actifs, à la recherche d'éventuels drones de poursuite.

*

Dans le système solaire, la bataille faisait encore rage. La flotte impériale ne comptait plus que dix-huit croiseurs opérationnels face aux cinq bâtiments du Seravon Prime, mais il restait encore vingt et une torpilles de classe planétaire en recherche de cibles. Le déséquilibre des forces ne laissa aucune chance aux navires de la flotte squir, d'autant qu'ils avaient perdu le soutien de leur vaisseau mère. Moins de trois minutes après le départ du gros porte-croiseurs, ses cinq bâtiments de protection n'étaient plus que des nuages de gaz, criblés de rayons gamma vomis par les éphémères mini trous noirs artificiels. Le Randor, qui avait observé le baroud d'honneur des cinq navires, termina de calculer ses données de saut et quitta le système solaire à la suite du gros vaisseau sphérique.

Les bâtiments impériaux rescapés subirent encore de lourds dégâts infligés par les torpilles de classe planétaire, mais ils réussirent à détruire les dernières encore actives. Il était temps d'évaluer leurs avaries. Sur les soixante croiseurs de la flotte, il n'en restait plus que neuf dont deux totalement irréparables et quatre incapables de manœuvrer. Les IA de bord avaient ordonné l'évacuation des deux navires les plus touchés, car l'intégrité des cellules de survies était compromise. Les systèmes de climatisation étaient hors service : l'air respirable allait manquer et la température chuter rapidement. Des dizaines d'œufs d'évacuation jaillirent des bâtiments condamnés en direction des navires encore opérationnels.

Le croiseur amiral n'était plus manœuvrable, il avait été pratiquement coupé en deux par un mini trou noir activé à moins de 110 000 kilomètres qui avait aspiré une grande partie de sa structure. Les écrans avaient lâché et le bâtiment avait été profondément irradié par des rayons gamma de plusieurs milliers de Gray recrachés par le vorace aspirateur gravitationnel. Certaines parties du bâtiment avaient fondu sous l'impact des radiations et le croiseur ne devait sa survie qu'à un champ *Horlzson* de secours qui protégeait les rares survivants du vide interstellaire. Les trois quarts de l'équipage avaient péri et les survivants avaient tous été gravement irradiés. L'amiral avait survécu, mais était sérieusement brûlé. Il allait devoir passer de longues heures dans sarcophage de régénération cellulaire, car même ses Nanocrytes de type 6 ne pourraient, seules, le guérir.

Le personnel survivant se répartit sur les cinq navires en état de naviguer en mode gravitique. Il n'y en avait plus que trois qui soient encore capables d'effectuer un saut quantique. Ils allaient avoir impérativement besoin de navires-usines pour réparer les vaisseaux survivants et l'amiral Seravon dû se résoudre à envoyer une sonde messagère pour demander l'assistance de l'amirauté. Il savait que son cousin allait exploser de rage. Quel gâchis ! L'Empire s'était fait dérober l'un de ses plus beaux navires de guerre et une flotte entière avait été réduite pratiquement à l'état d'épave. Tout cela pour rien, car l'héritier Verakin était toujours en fuite.

Et l'amiral ne savait pas tout. Il ignorait les capacités du navire personnel de l'empereur qui disposait d'une base de connaissances complète pour fabriquer une flotte de guerre. L'empereur l'avait fait construire dans l'hypothèse où il aurait à prendre la fuite. Avec un tel bâtiment, il était capable de reconstituer ses forces militaires partout dans l'espace, dès l'instant où il trouverait une planète tellurique disposant des matières premières nécessaires. Même si le Seravon Prime avait perdu cinq de ses croiseurs, il disposait encore d'un potentiel offensif et défensif considérable. Ce potentiel était maintenant entre les mains du clan Verakin.

*

Chapitre 7

Rendu prudent par les derniers évènements, le Randor apparu dans le système d'Epsilon Eridani en mode furtif. Il ne mit pas longtemps à détecter les puissants propulseurs gravitiques du Seravon Prime, qui se trouvait à cinq virgules sept milliards de kilomètres de son point de transition. Le petit vaisseau avait émergé à 170 ° de la position du Seravon Prime par rapport à l'axe du système et Rliostem enclencha immédiatement le captage de matière noire. Le gros vaisseau était trop engagé dans le système pour transiter et les menacer, mais l'ildaran préférait avoir une réserve d'énergie en cas d'urgence.

Ce système ne comportait que deux planètes qui orbitaient autour de la petite étoile naine de couleur orangée. La plus grosse, de type jovien, était similaire à Jupiter avec approximativement de la même masse et elle possédait trois petits satellites. La seconde planète faisait la taille de Neptune, mais possédait une masse un peu plus faible. Elle était manifestement de type tellurique.

L'activation des filets de captage du Randor avait été détectée par le Seravon Prime et Sarian demanda à l'IA d'ouvrir une holocom avec l'aviso.

- Ici Sarian. Demande situation à bord. L'appareil avait bien été identifié comme le Randor, mais l'ildaran ignorait tout sur son retour. Une batterie de torpilles était déjà verrouillée sur le petit appareil.

- Ici Rliostem et Klosteran, vous pouvez lever l'alerte détection. Nous sommes heureux de vous entendre, commandant ! Pas de dégâts de votre côté ? La voix de Rliostem trahissait sa joie de retrouver son équipe.

Les deux hommes de la garde Verakin apparaissaient souriants sur l'holocom et l'IA du bord confirma la réalité de la transmission :

ce n'était pas un montage ou une communication truquée. Sarian leur proposa immédiatement de les rejoindre.

- Non, aucune avarie. Si vous avez assez d'énergie Kin, ralliez directement l'orbite de la première planète. Nous allons nous dissimuler au plus près du plus gros de ses trois satellites. Nous vous envoyons les données relevées par les sondeurs.

D'après les puissants détecteurs à longue portée, la seconde planète du système d'Epsilon Eridani faisait deux mille sept cent cinquante-deux kilomètres de diamètre, de type tellurique, avec une forte présente d'eau liquide détectée entre trois et quinze kilomètres sous une épaisseur de glace. Température en surface : -150° degré Celsius ; trace d'atmosphère ; pression au sol : 10-8 Pa. Impossible de poser un appareil de gros tonnage, bien que la gravité soit faible. La surface était saturée de fractures, fossés et crevasses de glaces. La radioactivité était de 6,7 Siverts, interdisant toute sortie sans boucliers activés.

- Pas très hospitalier ton coin. Lui lança, goguenard, Klosteran encore tout excité à l'idée de retrouver son groupe.

- Cela permettra d'attendre dans l'espace, quelques jours à l'abri de toute détection, bien que je ne pense pas qu'il reste beaucoup de croiseurs impériaux capables de nous faire la chasse. Répondit Sarian.

- Ça, je confirme. Intervint Rliostem. Lorsque nous avons quitté le système solaire, d'après les senseurs, il n'y avait plus que cinq appareils en état de manœuvrer. Par contre, désolé pour tes croiseurs restés sur place, ils sont tous détruits.

- Ils ont couvert notre retraite et cela a préservé l'intégrité du vaisseau mère. Je n'ai pas eu le temps de faire l'inventaire de ce bâtiment, mais il semble plein de ressources. L'usurpateur s'est fait construire une petite merveille. Il ne va pas être content, sourit Sarian.

- Nous avons assez d'énergie pour vous rejoindre à 0,3 c, nous serons en approche d'ici dix-sept heures. Dommage que l'on ne puisse pas calculer plus précisément les points d'émergence dans un système solaire… Regretta Rliostem.

- Ce qui paraît être un inconvénient est aussi un avantage lorsque l'on est poursuivi : le chasseur se retrouve parfois à l'opposé du système… Cela nous donnera l'occasion de faire retomber la pression. Ce sera le dîner pour nous, à l'heure française. Sur quelle unité horaire êtes-vous synchronisés ? s'enquit le chef du groupe d'ildarans.

Nous nous sommes calés sur l'heure spatiale impériale, mais on fera la fête avec vous. Randor terminé. Conclut Klosteran, avant de couper la communication.

L'heure spatiale impériale était alignée sur le fuseau horaire de la capitale de l'empire sur une planète qui tournait autour de son soleil en trente heures, soit vingt-sept heures terrestres. Pas si simple de s'y retrouver dans l'espace. C'est pour cela que la marine impériale avait instauré, plusieurs milliers d'années auparavant, l'heure spatiale de référence.

Le porte-croiseurs allait bientôt être masqué par la masse de la planète jovienne et, lorsqu'il couperait sa propulsion gravitique et ses boucliers *Horlzson,* serait indétectable depuis l'extérieur du système. Le Randor se plaça sur une trajectoire d'interception du satellite choisi par Sarian et son équipage alla se reposer, car, à l'heure spatiale impériale, c'était le milieu de la nuit.

*

À bord du Seravon Prime, Sarian ordonna la mise en veille de tous les systèmes actifs rendant le porte-croiseur, virtuellement indétectable par des senseurs longue portée. Il était temps de faire l'inventaire de ce gigantesque vaisseau et de reconstituer les stocks d'armes utilisés contre les croiseurs impériaux.

117

Sarian s'inquiétait surtout d'avoir à bord un traceur capable de s'activer si un appareil impérial émergeait dans le système et qui pourrait trahir leur présence. *Je ne vais quand même pas détruire le Squirs Prime par précaution ?* pensa-t-il. Une question le taraudait particulièrement : comment leur base de Dordogne avait-elle été repérée ? Et s'il y avait un traître dans son équipe ? Cela semblait plutôt incroyable qu'un espion des Seravon ait pu se glisser dans leur groupe, d'autant qu'Oria les avait tous testés mentalement. À moins qu'il n'existe un moyen de bloquer l'inquisition d'un psykan ? Il faudrait demander à Paul de revérifier tout le monde dès que possible. Nul doute que l'ambiance, dans l'équipe, allait s'en ressentir, mais il n'avait pas le choix.

Darin fut désigné pour cette investigation, car ils ne pouvaient se permettre de garder à bord un espion, humain ou électronique. Telius fut chargé de superviser les réparations les plus urgentes, et surtout le ravitaillement en matières premières qui serait, comme la plupart des activités du bâtiment, exécuté par les androïdes, sous le contrôle de l'IA centrale du gros navire.

La grosse sphère expulsa deux petits navires-usines extracteurs qui se dirigèrent vers la seconde planète du système d'Epsilon Eridani. Cette planète tellurique regorgeait de matières premières qui permettraient, aux petits vaisseaux spécialisés, de fabriquer ou de ramener à bord tout ce dont avait besoin le vaisseau mère. L'extraction allait être un peu compliquée puisqu'il fallait, aux appareils automatiques, forer la glace, plonger dans l'océan et atteindre la croûte de la petite planète.

Néanmoins en moins de dix heures, les quelques avaries minimes sur le gros bâtiment furent réparées par les androïdes polyvalents, répartis dans tout le vaisseau.

L'arrivée dans un nouveau système solaire avait été une source d'excitation pour Paul et Mélanie, qui s'étaient installés sur la passerelle devant les grands projecteurs holographiques reproduisant fidèlement la vue extérieure sur 360°. La jeune fille semblait avoir retrouvé sa joie de vivre même si Paul percevait de temps à autre quelques émotions nostalgiques. Le garçon n'avait pas voulu la questionner, mais elle semblait souffrir de la mort d'Alex. Quoi qu'il en soit, à cet instant précis, elle admirait les projections de l'espace environnant et paraissait détendue.

Oria leur avait expliqué comment déplacer les plans et zoomer sur des portions d'espace. Ils avaient même commencé à analyser les données des sondeurs et suivaient le travail des petits navires-usines qui s'affairaient sur la petite planète rocheuse. Les jeunes gens étaient émerveillés de découvrir les technologies ildaranes qui permettaient de capter des images d'une netteté incroyable malgré les déplacements relatifs du porte-croiseurs et des petits bâtiments à des vitesses de plusieurs dizaines de milliers de kilomètres par seconde.

L'IA avait commencé à leur expliquer que les systèmes de communication ildarans étaient basés sur l'intrication. Un phénomène qui permet à deux électrons distants d'avoir un même état. Cela offrait la particularité d'obtenir des données identiques à des distances de plusieurs milliards de kilomètres. C'est de cette façon que fonctionnaient les senseurs ildarans et permettait d'obtenir des données précises, sans distorsion temporelle. Malheureusement, cette technologie n'avait jamais pu être étendue au-delà d'un système solaire et les liaisons intersystèmes s'appuyaient toujours sur des sondes messagères. En théorie, l'intrication devait fonctionner sur de plus grandes distances, mais les savants ildarans n'avaient pas réussi à stabiliser l'état aléatoire des électrons intriqués, au-delà de quelques heures lumières.

De leur côté, Sarian et Xionnes avaient commencé l'inventaire des ressources du Seravon Prime et ils étaient stupéfaits par ce que leur égrenait l'IA principale. L'empereur Kera 1er devait se sentir menacé ou était totalement paranoïaque pour avoir fait construire un tel navire. Avec de telles ressources, il y avait de quoi démarrer une nouvelle civilisation.

En détaillant les systèmes d'armes du porte-croiseurs, Sarian comprit qu'ils n'avaient jamais été réellement menacés sous le feu des appareils impériaux. Il aurait fallu, au moins deux fois plus de vaisseaux pour surcharger les systèmes de défense. Ils avaient probablement sacrifié cinq croiseurs pour rien.

De son côté, Oria s'était attachée à inventorier les systèmes d'assistance médicale et, là encore, le navire était à la pointe de ce qui existait dans l'Empire. Il n'y avait rien de moins que vingt-huit caissons de régénération cellulaire, mais le plus intéressant vint d'une question posée à l'IA.

- IA, pouvons-nous utiliser ces caissons pour améliorer les capacités physiques de Paul et de Mélanie ?

- NON ORIA. CES CAISSONS ONT ETE CONÇUS POUR RECONSTITUER LES CELLULES ENDOMMAGEES D'UN CORPS HUMAIN, PAS POUR LES AMELIORER. IL FAUDRA D'AILLEURS QUE CHAQUE MEMBRE DE L'EQUIPAGE M'AUTORISE A PRELEVER QUELQUES CELLULES POUR QUE LES CAISSONS SOIENT CAPABLES DE FABRIQUER DES CELLULES SOUCHES EN CAS DE BESOIN.

- Nous n'avons donc aucun moyen de renforcer leurs capacités de combat…, ajouta l'ildarane presque pour elle-même.

- INEXACT. NOUS DISPOSONS, A BORD, DE NANOCRYTES DE COMBAT DE NIVEAU 4 A 6. L'entité artificielle avait répondu sur le même ton neutre, sans prendre en considération l'importance de cette information.

- Des Nanocrytes de niveau 6 ! En quelle quantité ? sursauta Oria, soudain très agitée.

- LES RESERVES S'ELEVENT A DEUX CENTS DOSES DE NIVEAU 6, QUATRE CENTS DE NIVEAU 5 ET SIX CENTS DE NIVEAU 4. NOUS AVONS EGALEMENT LA CAPACITE DE PRODUIRE DES PACKS MEDICAUX ELEMENTAIRES. AVEC DU TEMPS MES

MINIFABS DEVRAIENT ETRE EGALEMENT CAPABLES DE PRODUIRE DES PACKS DE NIVEAU 7.

- Mais c'est fantastique, pourquoi ne nous l'as-tu pas dit plus tôt ? Nous aurions pu protéger Paul. Oria n'en revenait pas.

- PERSONNE NE ME L'A DEMANDE.

C'était en effet une réponse naturelle de la part d'une intelligence artificielle, capable d'initiative, mais avec certaines limites. Oria informa Sarian qui voulut, aussitôt, que Paul soit préparé pour une injection de type six.

Ce dernier était à la fois excité à l'idée de pouvoir bénéficier d'améliorations et inquiet, car il craignait un peu cette intrusion de nanotechnologies supplémentaires dans son organisme. Il n'était pas facile de se débarrasser de la culture qui prévalait, en France, sur la génétique et sur le principe de précaution en général.

Il se demandait également comment se passerait la cohabitation avec les gemmes qui ornaient son crâne, car, si les Ildarans pouvaient le rassurer sur l'innocuité des Nanocrytes de combat, il n'en était pas de même sur une éventuelle réaction des diamants des Al-Heoxyrians. Quoi qu'il en soit, il ne pouvait s'abstenir, car l'avantage procuré par ces Nanocrytes pouvait lui sauver la vie et, au-delà, influer sur l'avenir de la dynastie Verakin. Comme il l'avait déjà compris, en quittant la Terre, il n'était plus totalement maître de son destin.

Sarian lui avait longuement expliqué le potentiel des Nanocrytes de combat de type six et il s'était déjà un peu habitué à l'idée d'héberger ces millions de nanorobots organiques. Il gardait surtout en mémoire les améliorations physiologiques qu'offraient ces petits dispositifs.

Il s'allongea donc sur un canapé qui décorait l'un des nombreux salons du vaisseau et tenta de faire le vide dans son esprit. Oria arriva avec un minuscule appareil qui aurait pu passer, sur Terre, pour un injecteur de vaccins. La jeune femme lui appliqua l'injecteur sur la peau, au niveau de l'épaule, et appuya sur la petite gâchette. Paul ressentit une chaleur soudaine, mais non douloureuse, et ce fut terminé. Aucune réaction allergique, pas de montée de température des pierres autour de sa tête.

- Ensuite que suis-je censé faire ? demanda-t-il aux ildarans. Mélanie, qui espérait être la prochaine à recevoir une injection, suivait l'opération avec grand intérêt.

- Rien du tout. Répondit Oria. Les Nanocrytes vont essaimer dans tout ton organisme et renforcer tes tissus et tes muscles, améliorer tes connexions nerveuses et neurales, etc.

Oria détailla, autant pour Paul que pour Mélanie, le processus qui prenait en général plus de deux mois pour atteindre son plein effet. Il s'agissait d'une manière non intrusive, mais en cas d'urgence on pouvait injecter des Nanocrytes à action rapide avec un risque élevé d'intolérance. De toute manière, il n'y avait pas ce type de Nanocrytes à bord.

Il n'y a aucune précaution à prendre ? demanda la jeune terrienne d'un ton reflétant une certaine appréhension.

- Avec les Nanocrytes à action rapide si, mais avec celles-ci la transformation est suffisamment progressive pour que ton cerveau s'habitue à son nouveau potentiel. Précisa Oria.

- Qu'est-ce qui se produit si je suis blessé ? Voulut savoir Paul.

- Tes Nanocrytes agissent sur les lésions et bloquent la douleur puis commencent un travail de réparation en stoppant les hémorragies, détournant les influx nerveux pour pallier d'éventuelles déficiences et te permettre de rester à un niveau optimum de capacités physiques et psychiques. Avec le temps un membre coupé peut repousser, mais il est préférable de passer dans un caisson médical c'est beaucoup plus rapide. C'est ce que j'ai fait avec ma blessure à la main. Dans un second temps, tu percevras des améliorations au niveau des temps de réaction : forces, rapidité d'exécution, prise de décision... Les Nanocrytes améliorent les interactions neurales.

- Ouah ! Je serai presque invulnérable alors. S'extasia le garçon.

- Si aucun organe vital n'est fortement endommagé, tu peux être soigné, mais prends garde au cerveau et au cœur. Si l'un de deux est atteint, les dommages sont irréversibles. Tes Nanocrytes ne peuvent pas pallier une insuffisance de la circulation sanguine plus de dix minutes et, quant au cerveau, si les liaisons synaptiques sont endommagées, c'est la fin …

- À ton tour Mélanie ? interrogea Darin voyant l'intérêt briller dans les yeux de l'adolescente.

- Si vous voulez bien, je préférerais attendre quelques jours pour voir les résultats sur Paul. Je ne mets pas en doute la compatibilité de vos technologies, mais j'ai un peu peur quand même. La jeune fille ne semblait pas effrayée, mais elle était partagée entre son tempérament rationnel et la curiosité.

- Les résultats sur Paul ne t'apprendront rien, car il est né sur Ildaran et est déjà pourvu de Nanocrytes médicales expliqua gentiment Oria. Néanmoins, je peux te rassurer sur la compatibilité génétique entre les ildarans et les terriens. Nous sommes rigoureusement semblables, comme tous les humains rencontrés dans la galaxie. C'est d'ailleurs un sujet de réflexion depuis des milliers d'années. L'hypothèse d'une race ou d'une méta entité interventionniste en est d'ailleurs la résultante, car il est statistiquement impossible que le cycle de la vie ait été le même sur tant de mondes si distants. Peut-être qu'un jour nous pourrons échanger avec ceux que nous avons appelés les Al-Heoxyrians maintenant que Paul a eu affaire à un de leurs émissaires. Ajouta la jeune ildarane, d'un air songeur.

- De toute manière, maintenant que je me suis embarqué dans cette aventure, ce n'est pas pour me dégonfler à peine sorti de mon système solaire. Alors, vas-y Oria. Je suis prête, finie par décider, l'adolescente.

- Rassure-toi, nous allons commencer par t'injecter des Nanocrytes médicales qui sont un préalable à une amélioration plus poussée. Il faudra ensuite attendre, au moins un mois, avant de pouvoir t'injecter un pack de niveau six. Précisa la jeune femme.

Mélanie n'était pas totalement rassurée, mais Darin lui avait déjà expliqué que des Nanocrytes avaient déjà été injectées, sans aucun problème, sur d'autres populations que des ildarans de souche et elle accepta donc l'injection du pack médical. Oria chargea une cartouche scellée, de couleur blanche, et lui appliqua l'injecteur sur le haut du bras puis pressa de nouveau la petite gâchette. Sans bruit, les milliards de nanorobots organiques se répandirent dans son organisme.

- Vous voilà paré, maintenant. Affirma Darin on va bientôt pouvoir reprendre les entraînements.

- Ouf. J'ai encore au moins un mois avant que cette mixture ne fasse effet alors, d'ici là, pas d'entraînement. Tu ne voudrais pas risquer un incident. Répliqua ironiquement Paul, peu pressé de se remettre au travail.

- Tu sais que tu dois te préparer et que le plus tôt sera le mieux. Nos adversaires n'attendront pas que tu sois disposé. Intervint Sarian, qui venait d'entrer afin de surveiller la réaction des adolescents aux injections.

- Je sais Sarian, mais pour le moment nous sommes à l'abri dans le Seravon Prime, fit l'adolescent d'un ton las.

- Pour le moment, en effet. D'ailleurs tu me rappelles que c'est peut-être le moment de débaptiser ce navire, car cela heurte mes oreilles de devoir le nommer du nom de cette famille renégate.

Comment veux-tu baptiser ton navire amiral ? Verakin Prime ? proposa l'ildaran.

- Oh non. Pas de culte de la personnalité ! rétorqua le garçon en riant et en agitant ses mains en avant, d'un geste clair de dénégation.

Le choix du nom du gros navire de guerre fut finalement beaucoup plus long que prévu par Sarian. Paul et Mélanie avaient, bien entendu, des références culturelles terriennes alors que les ildarans faisaient référence à des noms ou à des évènements totalement inconnus des adolescents. Après de longues discussions et des négociations qui tournaient en ronds, le choix final fut octroyé à Paul et le jeune homme opta pour le nom de Bellator : un mot, d'origine latine, qui signifiait « guerrier ». Paul avait un moment pensé à Bellatrix, féminin de Bellator, qui faisait également référence à une étoile de classe spectrale B2, distante d'environ deux cent dix années-lumière du système solaire. Mais Mélanie trouvait plus approprié de choisir un nom masculin et tout le monde s'accorda donc sur Bellator. Dans la foulée, l'aviso des squirs prit naturellement le nom de Bellator Alpha, abrégé en B-Alpha. Les autres croiseurs conserveraient leurs noms d'origines, car aucun ne faisait référence aux Seravon ou à leurs vassaux.

Ces discussions passablement frivoles avaient largement détendu l'atmosphère et les adolescents avaient un peu mis de côté leur chagrin d'avoir dû abandonner des êtres chers et la Terre. Sarian, lui-même, s'était amusé de ces échanges, parfois enflammés, autour de noms dont les significations ne faisaient pas toujours sens pour tous. C'est pour cela qu'ils avaient finalement entériné le choix de Paul.

Le porte-croiseurs s'appelait donc à partir de cet instant le Bellator.

- Comme c'est bientôt l'heure du dîner, je propose que nous célébrions dignement ce baptême autour d'un apéritif. Je me suis bien adapté à ces habitudes terriennes. Proposa Darin.

- Irias, qu'avons-nous en réserve dans ce gros navire de guerre ? s'enquit Oria auprès de l'intendant de la famille Verakin qui les avait rejoints dans le grand salon du bord.

- À part les bouteilles de Darin : rien d'origine terrienne. Vos goûts de ces dernières années devront se réhabituer aux boissons de notre planète mère, sourit Irias. Mais rassurez-vous : il y a de quoi célébrer dignement plusieurs évènements d'importances. C'était le vaisseau privé de l'empereur et la cave du bord est bien fournie. Je vous prépare une petite fête pour célébrer le baptême du Bellator. Retrouvez-moi d'ici une demi-heure dans la salle à manger principale. Ajouta-t-il en s'éloignant d'un pas vif.

Sans laisser le temps de répondre à ses interlocuteurs, Irias s'éclipsa pour ordonner aux androïdes de services de préparer la salle. Il se contenta de sélectionner les boissons dans la liste impressionnante d'alcools et jus de toutes sortes. Le tout était conservé dans de précieux caissons de stase, à l'abri de toutes vibrations. Seul un androïde pouvait d'ailleurs accéder à ces zones de stockage isolées.

L'heure était à la détente et Sarian commençait à souffler un peu après l'agitation des derniers jours. Il commençait à imaginer la construction d'une base dans la bordure. Les ressources de cet impressionnant vaisseau allaient leur permettre de préparer la reconquête du trône et le chef de la garde de Paul se laissait aller à l'euphorie. Le Randor se dirigeait rapidement vers le Bellator et apponterait d'ici moins de quatre heures. Le petit aviso pourrait se ravitailler en matière noire à partir des réserves du gros navire.

*

Excepté Prag et Briza, qui étaient restés sur la passerelle, tous les autres passagers avaient profité de cet instant de répit pour se reposer. De toute façon, tout était géré par l'IA principale et aucune présence humaine n'était indispensable, dans le central. Ce n'est que par respect de la discipline des gardes impériaux que les

126

deux hommes avaient été désignés pour rester en alerte passerelle. Une précaution qui allait se révéler salvatrice.

Les installations du bord étaient remarquables et les appartements réservés aux passagers intégraient tout le confort imaginable. Ils avaient tous pu se changer à partir de vêtements à la dernière mode ildarane. Sarian avait préféré éviter d'utiliser les quelques uniformes impériaux découverts à bord et était resté habillé en civil. L'IA avait néanmoins reçu l'instruction de fabriquer, au plus vite, des vêtements aux couleurs des Verakin : bleu cobalt et argent.

Tout ce petit monde se retrouva donc serein et reposé dans l'imposant salon d'apparat. Paul n'avait pas du tout l'impression d'être dans l'espace. Darin lui avait expliqué que les compensateurs de gravité maintenaient une gravité de 1,02 G, quelle que soit la vitesse du vaisseau. C'est d'ailleurs les performances de ces compensateurs qui limitaient la vitesse en vol normal par rapport à des engins automatiques comme des torpilles capables d'atteindre 0,9 C en moins de 5 secondes. Aucun compensateur n'aurait pu absorber une telle accélération.

Ce fut donc une surprise totale lorsqu'ils sentirent soudain une forte vibration et le déclenchement d'une sirène d'alarme.

- IA, que ce passe-t-il ? Questionna Sarian, soudain sur le qui-vive. Darin, Oria, restez près de Paul en protection. Tous les autres, trouvez des combinaisons de combats et enfilez-les. IA, mets-moi en communication avec la passerelle... IA ?

- Il se passe quelque chose de grave si l'IA ne répond pas, intervint Telius en dégainant une arme de poing. Je vais dans le central avec Pallaron. Sarian reste ici, tu dois protéger l'empereur. Sous le coup de la surprise, Telius retrouvait ses habitudes de garde impérial.

- Non. Si l'IA est hors d'usage, le vaisseau est immobilisé et sans défense. Nous allons tous monter à bord d'un croiseur et nous éloigner pour faire le point. Qui a eu un contact avec le Randor en dernier ? S'enquit Sarian.

- C'est Xionnes qui était dans le central, mais le Randor ne devait pas apponter avant trois heures, affirma Darin.

- OK, Telius et Pallaron, allez voir ce qui se passe sur la passerelle, mais passez d'abord une combinaison de combat, on ne sait jamais. Ordonna leur chef.

- Paul, est-ce que tu pourrais communiquer avec l'IA par l'intermédiaire de l'interface organique ? Questionna Oria.

- Oui, je capte l'IA parfaitement et elle m'indique avoir perdu tout contact avec les interfaces électroniques du vaisseau depuis plus de trente minutes. Transmit le garçon.

- Et nous n'avons rien remarqué ! s'exclama Darin.

- Quelle est son analyse de la situation ? demanda Sarian.

- Elle ne sait pas, car elle est coupée de tous ses capteurs et ne reçoit aucune donnée interne ou externe. La coupure a été instantanée. Elle a juste enregistré un signal clandestin quelques minutes avant sa déconnexion. Lui répondit Paul.

- Encore ! Darin, il faut régler ce problème rapidement, car cela va nous empoisonner la vie, cette histoire. Nous ne pouvons pas nous permettre d'avoir un espion à bord, humain ou androïde. Fulmina le chef des ildarans.

- En attendant, rendons-nous sur le croiseur le plus proche et espérons que les cloisons de sécurité ne soient pas verrouillées. Escompta Oria.

Deux secousses rapprochées ébranlèrent, de nouveau, le gros navire, ce qui ne rassurait personne, car tous se demandaient quel armement était capable de pénétrer les défenses du Bellator.

- Une flotte de combat doit nous avoir découvert, mais c'est incompréhensible que les senseurs longue portée n'aient rien détecté ni que le Randor ne se soit pas manifesté. Intervint Darin.

Ils approchaient de l'Oprius, l'un des croiseurs du bord, le B-Alpha était trop éloigné et Sarian préférait embarquer dans une unité puissamment armée plutôt que dans le petit aviso rapide. Narvin ouvrit manuellement le sas d'accès au cordon pressurisé qui était amarré au croiseur, car l'IA du Bellator ne répondait toujours pas. *Mais que font Pallaron et Telius ?* pensa-t-il.

- Dès que vous serez à bord de l'Oprius, je veux que vous passiez des combinaisons de combat. Ordonna Sarian aux adolescents.

Une nouvelle explosion fut ressentie, faisant même vibrer le cordon d'accès à bord. Paul craint un instant que celui-ci ne se rompe et ne les laisse, sans protection, dans le vide du dock d'amarrage de l'Oprius, mais le conduit résista.

- Sarian, ici Pallaron. Nous sommes dans le central. Prag et Briza sont morts

- Quoi ! Mais comment ? s'exclama Sarian en rage.

- Pulseur à aiguilles. Ils ont dû être pris par surprise, car il n'y a pas de trace de lutte, répondit Telius.

- Les squirs ! Ils ont dû s'échapper et ont neutralisé le navire. Paul, demande à l'IA s'il n'y aurait pas un mécanisme de secours pour déconnecter toutes les fonctions du vaisseau, réclama aussitôt Sarian, qui venait de comprendre.

- Oui en effet, elle m'informe qu'il existe un dispositif accessible en de nombreux points du navire, comme la passerelle ou la cabine de Corvin. Elle suppose que quelqu'un a déconnecté toutes ses interfaces à l'aide de ce contrôleur, car elle ne reçoit plus aucune donnée de ses capteurs. Transmit l'adolescent qui avait commencé à enfiler, tant bien que mal, une combinaison de combat. Visiblement, Mélanie ne s'en sortait pas mieux et Sarian se fit la remarque qu'il faudrait effectuer des exercices de secours s'ils sortaient de ce mauvais pas.

- Et où sont les squirs en ce moment ? s'enquit Darin

- L'IA ne possède aucune donnée, car ses capteurs sont inopérants, lui répondit Paul.

- Comme personne n'est censé pouvoir communiquer avec une IA en dehors des interfaces holocom, Niir croit certainement avoir neutralisé le Bellator. Qu'elle est la procédure pour réactiver les connexions de l'IA demanda Darin.

- On peut le faire depuis n'importe quel terminal holocom en fournissant le code d'activation qui est 64HK38YGFI7Z9HBGYU d'après l'IA, lâcha Paul.

- On peut la réactiver depuis l'Oprius ? Voulut savoir Sarian.

- Non il n'y a plus aucune interconnexion avec le Bellator. Rétorqua Paul, en secouant négativement la tête.

- Bon, dans ce cas retournons à bord du Bellator. Où se trouve le terminal de déverrouillage du vaisseau le plus proche ? Sarian entraînait déjà Paul en courant dans le conduit pressurisé reliant le croiseur au grand navire sphérique.

- L'IA ne peut pas nous localiser précisément, mais le terminal le plus près de l'Oprius se trouve à droite en sortant du cordon d'accès. Cria Paul, qui courait au côté de l'ildaran.

Ils se précipitèrent vers le terminal de communication indiqué et l'IA expliqua à Paul la manière de procéder pour accéder au système de déverrouillage. L'adolescent effectua l'opération et, instantanément, la lumière redevint normale.

- IA, est-ce que tu m'entends ? Tenta Paul oralement.

- Parfaitement Majeste. Tous mes systemes sont reactives.

- Fournis-nous un rapport de la situation et mets le vaisseau en état de défense, lui ordonna Sarian.

- Nous avons essuye le tir de vingt torpilles a distorsion qui ont serieusement endommage ma structure exterieure. La moitie des systemes de tir sont hors d'etat et nous ne pouvons plus lancer que quatre croiseurs, car les portes de tous les autres docks ont ete sabotees ou vrillees pendant l'attaque. Quelqu'un s'est introduit dans le Carou 4 et a deconnecte les procedures de securite puis a ouvert le feu sur le Bellator.

- Nous aurions dû être anéantis sans protection ! s'étonna Paul.

- Nos champs Horlzson fonctionnaient parfaitement et nous ont proteges, car meme la procedure de neutralisation generale ne peut les deconnecter. Par contre, aucun systeme actif ne permettait de riposter. »

- Où se trouve le Carou 4 en ce moment ? Interrogea Sarian

- Il se dirige a vitesse maximum vers l'exterieur du systeme.

- Peut-on encore l'intercepter avant qu'il atteigne une distance de saut ? s'enquit l'ildaran

- Non, il a quitte le bord il y a vingt-six minutes et est deja a quatre cent soixante millions de kilometres. C'est en dehors de la portee de nos torpilles a vitesse d'interception de 0,9 C. Elles pourraient le poursuivre, mais ne le rattraperont jamais. Il lui suffira de transiter des qu'il sera a six heures-lumiere de l'etoile d'Epsilon Eridani.

- Mais, le temps qu'il passe en stabilisation inertielle pour sauter, les torpilles ne l'auront pas rattrapé ? S'informa Paul, qui se souvenait des contraintes imposées par le saut quantique.

- NON, CAR AVEC UN NAVIRE DE LA CLASSE DU CAROU IL LUI FAUDRA MOINS DE VINGT MINUTES POUR DECELERER, LES TORPILLES ARRIVERAIENT SUR CIBLE AU MOINS SIX MINUTES TROP TARD.

Une nouvelle secousse ébranla violemment le vaisseau.

- IA, rapport. Ordonna Sarian alors que trois autres secousses furent ressenties presque simultanément malgré les puissants compensateurs de gravité. L'éclairage bascula en mode de secours, phénomène inquiétant sur un bâtiment de cette taille.

- LES QUATRE GENERATEURS VERAKIN DEDIES AU SAUT QUANTIQUE VIENNENT D'ETRE SABOTES. PROBABLEMENT PAR DES MINES A DISTORSION LOCALISEE. JE DETECTE QUATRE PRESENCES EN FUITE DANS LES COULOIRS DE MAINTENANCE ADJACENTS. J'AI ISOLE CES SECTEURS ET ENVOYE DES ANDROÏDES DE COMBAT.

- Apparemment, tous les squirs n'ont pas quitté le navire ! s'exclama Sarian j'aurais dû y penser ils ont saboté l'alimentation en énergie des propulseurs *Randarion*. Niir a prévu que nous pourrions réactiver le Bellator et a prévu un plan de secours. Enfer ! L'ildaran se reprochait de ne pas avoir anticipé les manœuvres de leurs adversaires. Après tout, ils étaient à bord d'un navire qu'ils connaissaient parfaitement !

- D'ailleurs comment ont-ils pu s'échapper de leurs cellules et quitter le bâtiment ? demanda Darin à l'intention de l'IA.

- JE NE PEUX PAS REPONDRE A CETTE QUESTION, CAR MES CAPTEURS ETAIENT HORS SERVICE. LA SEULE INFORMATION DISPONIBLE, C'EST QUE L'ACTIVATION DU MECANISME DE SECURITE A ETE DECLENCHEE ET QUE LES SQUIRS ONT REÇU

UNE AIDE EXTERIEURE. CE NE SONT PAS EUX QUI ONT ACTIVE LA DECONNEXION D'URGENCE DE MES INTERFACES.

- Ils n'auraient pas pu utiliser une télécommande ? interrogea Sarian

- NON, ON NE PEUT ACTIVER CE MECANISME QUE DEPUIS LES POINTS DE CONTROLE

- Il y a donc clairement un traître à bord, jura Sarian

- IL NE S'AGIT PAS D'UN DISPOSITIF INTEGRE AU BELLATOR, CAR JE CONTROLE TOUS LES ELEMENTS DU NAVIRE.

- Pourrait-il s'agir d'un androïde autonome ? suggéra Paul.

- PROBABILITE INFERIEURE A 7,874%, CAR JE L'AURAIS REPERE DEPUIS LONGTEMPS, MEME EN VEILLE. CHAQUE DEPENSE ENERGETIQUE ARTIFICIELLE EST ENREGISTREE

- C'est donc l'un de mes hommes. Jura Sarian. Comment a-t-il pu se dissimuler tout ce temps, bon sang ! Il a dû aider les squirs à s'échapper. Ils ont agi rapidement pour être déjà à distance de saut. Ont-ils utilisé des œufs de transports ?

- OUI, ILS ONT EU RECOURS AUX TUBES D'EVACUATION PRESENTS DANS TOUTES LES CABINES ET QUI ABRITENT DES ŒUFS DE TRANSPORTS AUTOPROPULSES RELIES AUX CORDONS DE PLUSIEURS CROISEURS. CES ŒUFS PEUVENT ACCUEILLIR DEUX PERSONNES ET LES ENREGISTREMENTS AUTOMATIQUES INDIQUENT QUE TROIS ŒUFS ONT EMBARQUE SUR LE CAROU 4 QUI A QUITTE LE BORD EN FAISANT SAUTER LES PORTES DE SOUTE AU DISRUPTEUR MOLECULAIRE. CE SONT PROBABLEMENT LES PREMIERES EXPLOSIONS QUE VOUS AVEZ RESSENTIES.

- Il va falloir que nous prenions très rapidement connaissance des ressources de ce vaisseau si nous ne voulons pas avoir d'autres mauvaises surprises. Émit Darin.

- LES QUATRE SQUIRS SONT ENGAGES PAR LES ANDROÏDES, MAIS ILS EN ONT DEJA NEUTRALISE SIX. DOIS-JE LES CAPTURER VIVANTS ?

- Si possible, mais ne sacrifie pas inutilement des androïdes de combat, nous pourrions en avoir besoin. Souligna Sarian.

Quatre explosions simultanées apparurent sur les écrans holographiques de retransmission, activés par l'IA dès le début de l'engagement dans les couloirs du vaisseau. Les squirs avaient choisi de se sacrifier plutôt que de se rendre. Ils devaient posséder des informations capitales et Sarian se reprocha de ne pas les avoir mieux surveillés et interrogés plus tôt, mais les évènements s'étaient enchaînés trop rapidement.

- IA, fournis-nous un rapport sur les dégâts. La sollicita immédiatement Sarian. Tout le monde attendait et craignait la réponse de l'intelligence artificielle.

- LES EXPLOSIONS VISAIENT LES GENERATEURS VERAKIN CHARGES D'ALIMENTER LES PROPULSEURS RANDARION ET LES ONT PRESQUE TOTALEMENT DETRUITS. NOUS AVONS PERDU 100% DE NOTRE CAPACITE ENERGETIQUE POUR LE SAUT QUANTIQUE. LE BELLATOR NE PEUT PLUS QUITTER LE SYSTEME D'EPSILON ERIDANI.

- Mais comment ont-ils pu atteindre ces générateurs ? Ils sont, en général, totalement isolés sur les vaisseaux spatiaux. S'exclama Darin.

- C'EST PARFAITEMENT EXACT ET C'EST LE CAS SUR LE BELLATOR, MAIS LES SQUIRS ONT PROFITE DE LA DECONNEXION DE MES CAPTEURS POUR FORCER LES ACCES SCELLES ET ONT PENETRE EN COMBINAISON DE COMBAT. MALGRE CELA, ILS ONT ETE FORTEMENT IRRADIES ET N'AURAIENT PAS SURVECU PLUS DE QUELQUES HEURES MEME AVEC LEURS NANOCRYTES MILITAIRES. C'ETAIT A L'EVIDENCE UNE MISSION SUICIDE. QUOI QU'IL EN SOIT, ILS ONT REUSSI A

NOUS IMMOBILISER DANS CE SYSTEME, CAR LES GENERATEURS DE SECOURS NE SONT PAS ASSEZ PUISSANTS POUR OUVRIR UN TROU DE VERS.

- Les systèmes de survie du vaisseau sont-ils menacés ? demanda Sarian

- NON. L'ENERGIE FOURNIE PAR LES CONDENSATEURS DE SECOURS EST LARGEMENT SUFFISANTE POUR ALIMENTER LE BELLATOR, Y COMPRIS LA PROPULSION GRAVITIQUE JUSQU'A 0,2C. LES BOUCLIERS HORLZSON SONT DESACTIVES ET NOUS N'AVONS PAS ASSEZ D'ENERGIE POUR LES DISRUPTEURS DE COMBAT. LA DEFENSE DU BELLATOR REPOSE SUR NOS TORPILLES D'INTERCEPTION ET SUR LES QUATRE CROISEURS QUI PEUVENT ENCORE SORTIR.

La sentence venait de tomber et tous comprenaient qu'il faudrait probablement abandonner le magnifique vaisseau. Sarian avait blêmi au fur et à mesure que l'IA égrenait les conséquences de l'attentat. Passer d'une situation où ils disposaient d'une énorme machine de guerre à celle de fugitifs réfugiés dans neuf croiseurs d'attaque était difficile à gérer moralement. Néanmoins, l'ildaran restait optimiste et il se reprit rapidement avant que les autres membres du groupe n'aient décelé la moindre faiblesse.

- IA, est-il possible de réparer les générateurs ?

- NON. ILS SONT DETRUITS, MAIS JE POSSEDE TOUS LES ELEMENTS DE FABRICATION ET AVEC LA MATIERE PREMIERE ADEQUATE JE POURRAIS FABRIQUER UN GENERATEUR EN QUATRE CENT CINQUANTE HEURES ILDARANES. LA FABRICATION DES TROIS SUIVANTS DEVRAIT PRENDRE NEUF CENTS HEURES. PAR CONTRE, IL N'EST PAS GARANTI QUE TOUS LES ELEMENTS CHIMIQUES INDISPENSABLES SOIENT PRESENTS DANS CE SYSTEME SOLAIRE.

- De toute façon, cela représente cinquante journées ildaranes, les impériaux seront là avec une flotte bien avant. Enfer ! Sarian était furieux et regrettait d'avoir embarqué les squirs. Je n'aurais jamais dû les prendre à bord.

- Inutile de te le reprocher, nous étions tous sous pression. Préparons-nous à abandonner le navire. Après tout, il nous reste encore neuf croiseurs et un aviso rapide, plus le Randor. C'est déjà une petite flotte. Souligna Darin.

- Ce n'est rien à côté de ce que représente ce bâtiment. Répliqua Sarian, blâmant presque son subordonné pour son fatalisme. C'est un véritable navire-usine capable de produire à peu près tout ce que notre civilisation a conçu. L'abandonner, c'est nous condamner à une fuite perpétuelle alors qu'avec le Bellator nous aurions pu reconstituer une véritable force. Sarian tournait en rond à la recherche de solutions.

- C'est bien pour cela que les squirs se sont sacrifiés, fit remarquer Oria. Ils avaient parfaitement conscience de l'importance stratégique de ce navire et ont voulu nous en priver. Nos adversaires ont bien joué ce coup même s'il leur a coûté la vie. Nous avons perdu un précieux atout.

- Il faut quitter ce système rapidement, car il est sûr que le Carou va avertir la flotte et revenir rapidement. Si nous restons ici, nous risquons d'être bloqués. Nota Darin.

- Non, je refuse d'abandonner le Bellator. Objecta Sarian. Il doit y avoir une solution. IA, nous avons neuf croiseurs. Est-il possible d'utiliser leurs condensateurs pour remplacer ceux du Bellator ?

- TECHNIQUEMENT, C'EST POSSIBLE, MAIS UN SEUL GENERATEUR DU BELLATOR EST PLUS PUISSANT QUE LES NEUF GENERATEURS DE TOUS LES CROISEURS DU BORD. DE PLUS, JE NE PEUX PAS CONNECTER PLUS DE QUATRE GENERATEURS EN SIMULTANE. LA MISE EN PLACE DE CES GENERATEURS DES CROISEURS FOURNIRAIT UNE CAPACITE ENERGETIQUE D'ENVIRON DIX POUR CENT DE NOS BESOINS.

C'EST INSUFFISANT POUR ACTIVER TOUS LES BOUCLIERS ET
NOS CAPACITES DE DEFENSE.

- Cela signifie que nous devrons impérativement maintenir nos
ennemis à distance… Mais qu'en est-il des déplacements
quantiques avec dix pour cent des capacités énergétiques ?
s'enquit Sarian.

- LE BESOIN EN ENERGIE POUR OUVRIR UN TROU DE VERS N'EST
PAS LINEAIRE, COMME VOUS LE SAVEZ. DISPOSER DE DIX POUR
CENT DE NOS CAPACITES ENERGETIQUES NE LIMITE PAS
DIRECTEMENT LA PROPULSION RANDARION DANS LES MEMES
PROPORTIONS. C'EST UNE EQUATION TRES COMPLEXE, MAIS
POUR SIMPLIFIER CELA LIMITERAIT NOTRE CAPACITE DE SAUT
ENTRE DIX ET QUINZE ANNEES-LUMIERE.

- C'est déjà ça ! Concrètement comment faire pour installer les
générateurs des quatre croiseurs dans le Bellator ? Questionna
Darin.

- LE REMPLACEMENT DES GENERATEURS EST PREVU ET IL Y A
DES TUNNELS DE MAINTENANCE DEDIES PERMETTANT DE LES
INTRODUIRE A BORD DEPUIS L'EXTERIEUR. IL EN EST DE
MEME POUR CHAQUE CROISEUR. IL FAUDRA EFFECTUER CES
OPERATIONS SANS DOCK DE RADOUB, MAIS MES ANDROÏDES
DE MAINTENANCE POURRONT LE FAIRE. IL FAUT SAVOIR QUE
LORSQUE LES GENERATEURS DES CROISEURS AURONT ETE
EXTRAITS, CEUX-CI SERONT HORS SERVICE ET NE POURRONT
PLUS RETOURNER A BORD PAR LEURS PROPRES MOYENS.

- Cela signifie perdre quatre navires de plus… À ce rythme, on va
finir en glisseur. Sourit ironiquement Darin

- Combien de temps prendra l'opération ? interrogea Sarian, qui
entrevoyait déjà la solution pour conserver le magnifique
vaisseau de combat.

- J'AI SUFFISAMMENT D'ANDROÏDES DE MAINTENANCE POUR EFFECTUER LES QUATRE EXTRACTIONS EN MEME TEMPS. COMPTEZ QUATRE HEURES POUR L'EXTRACTION ET SIX HEURES POUR LES CONNECTER EN TOUTE SECURITE.

- Donc dans dix heures nous pourrons appareiller. Quelles seront nos capacités de manœuvre ? s'informa Sarian

- NOUS POURRONS APPAREILLER DANS QUATRE HEURES, DES QUE LES QUATRE CONDENSATEURS SERONT A BORD. LES RACCORDEMENTS PEUVENT S'EFFECTUER EN VOL. NOS CAPACITES DE PROPULSION SONT OPERATIONNELLES JUSQU'A 0,2C, CAR CELA NE MOBILISE QUE PEU D'ENERGIE. NOS BOUCLIERS SONT DECONNECTES ET IL FAUDRA EVITER LES DEUX NUAGES DE METEORITES QUI GRAVITENT DANS CE SYSTEME.

- Commence les opérations de transfert immédiatement et appareille dès que possible sur un axe perpendiculaire aux orbites des deux nuages. Combien faudra-t-il de temps pour recharger les condensateurs Kin ? Sarian ne voulait pas perdre une minute qui pourrait s'avérer précieuse si une flotte émergeait.

- NOS FILETS DE CAPTAGE SONT INTACTS, MAIS NE POURRONT PAS ETRE UTILISES AU MAXIMUM DE LEURS CAPACITES, SOUS PEINE DE SURCHARGER LES CONDENSATEURS, MOINS PUISSANTS, DES CROISEURS. IL FAUDRA ENVIRON TROIS HEURES POUR TRANSFORMER ASSEZ DE MATIERE NOIRE POUR TRANSITER SUR DIX ANNEES-LUMIERE.

- Bien, nous allons étudier un itinéraire avec des transitions successives dès que les condensateurs seront opérationnels. Il faut s'éloigner d'Epsilon Eridani le plus vite possible. Il me vient une idée : pouvons-nous utiliser les faisceaux tracteurs d'un croiseur opérationnel pour amarrer les navires dépourvus de condensateurs ? Se renseigna Sarian.

- C'est une manœuvre delicate qui risque d'endommager les docks d'amarrage et les portes exterieures si les rayons tracteurs debordent, mais c'est faisable.

- Dans ce cas, force les portes bloquées des croiseurs opérationnels et utilise-les pour ramener les appareils désactivés, on n'aura pas tout perdu. Même si l'on abîme un peu le Bellator, dans l'état dans lequel il est déjà, cela ne changera pas grand-chose. Ordonna Sarian.

Ils venaient de découvrir les dégâts extérieurs retransmis depuis l'un des bâtiments de maintenance et les androïdes envoyés par l'IA. C'était impressionnant de voir qu'il devait manquer près de 5% de la gigantesque sphère. Paul se demandait même comment le vaisseau avait pu maintenir son intégrité avec des dégâts aussi importants. Il allait falloir réparer le navire aussi vite que possible.

Une formidable course contre la montre avait commencé. Le vaisseau mère devait quitter le système d'Epsilon Eridani avant l'arrivée d'une flotte impériale sinon il faudrait l'abandonner et il serait définitivement perdu pour le clan Verakin.

Tous les androïdes de maintenance étaient mobilisés dans les opérations de remplacement des condensateurs et Paul et Mélanie pouvaient suivre le ballet incessant des machines depuis la passerelle, sur des projections holographiques géantes. Ils avaient l'impression de contempler une gigantesque fourmilière dans l'espace. Une partie des androïdes s'affairait sur les quatre premiers croiseurs pendant qu'un autre groupe découpait les portes des docks endommagés afin de permettre aux croiseurs, bloqués, de s'extraire du Bellator.

Paul était finalement heureux d'avoir la jeune fille à ses côtés. Il ne l'appréciait pas outre mesure, lorsqu'ils étaient sur Terre, peut-être un peu par jalousie, car elle lui avait, en quelque sorte, ravi Alex, qu'il considérait comme son frère. Mais aujourd'hui, loin de leur planète, la présence d'une compatriote était rassurante. De son côté, la jeune fille avait changé, elle n'était plus la petite adolescente cherchant à accaparer Alex. Elle semblait avoir mûri et s'intéressait vraiment à tout ce qui concernait le vaisseau. Elle avait même demandé à Darin de lui apprendre à se battre.

Sarian avait réuni toute son équipe dans la salle tactique du vaisseau afin d'analyser les différentes options qui s'offraient à eux. Le Randor devait bientôt apponter et tous souhaitaient quitter ce système au plus vite. Ils allaient devoir effectuer des sauts de puces jusqu'à ce qu'ils soient assurés d'avoir semé leurs poursuivants, car il était certain que la flotte impériale irait explorer toutes les étoiles proches d'Epsilon Eridani dans l'espoir d'intercepter le porte-croiseurs.

- Penses-tu que les squirs aient pu retourner dans le système solaire chercher le restant de la flotte ? demanda Oria.

- Je ne pense pas, car d'après les données du Randor, les navires restants ne sont pas en nombre suffisant pour nous attaquer. Répondit Darin.

- Toi, tu le sais, mais pas eux. Ils pourraient bien avoir transité vers le système terrien pensant y trouver des renforts. Objecta Telius.

- C'est une éventualité que nous devons envisager. Releva Sarian.

L'ildaran craignait que quelques navires de guerre ne les pistent sans chercher à engager le combat. Cela n'exonérerait pas les squirs de revenir dans l'Empire pour chercher une flotte capable d'engager neuf croiseurs récents, car ils ignoraient qu'il n'en restait plus que cinq en état de manœuvrer, mais ce serait préjudiciable d'être suivi de trop près. Sarian ordonna donc que le Randor soit ravitaillé et qu'il se tienne prêt à appareiller. Avec ses aptitudes furtives, il pourrait certainement endommager le, ou les, croiseurs de surveillance et les empêcher de jouer les pisteurs.

- OK, je m'en charge personnellement. Se proposa Xionnes, qui quitta rapidement la salle tactique.

- Si nous transitons avec le Bellator, un seul croiseur ne devrait pas pouvoir nous suivre ? Je croyais que l'on ne peut pas suivre un appareil en saut. Exprima Paul.

- Tu as raison, répondit Telius, mais, si l'on ne peut pas suivre un navire, il est possible de quantifier l'énergie utilisée pour l'ouverture du trou de vers.

Telius approfondit son explication en précisant que s'il était impossible de détecter le point d'émergence d'un saut quantique, il était par contre très simple de déterminer la distance approximative de transition en fonction de l'intensité de l'ébranlement de la structure de l'espace par rapport à la masse de l'appareil.

Si un croiseur ennemi était présent au moment de la transition du Bellator, les impériaux découvriraient aussitôt que les capacités de déplacement du gros vaisseau étaient considérablement restreintes. Avec la contrainte de temps de rechargement des condensateurs Verakin de secours, un poursuivant aurait amplement le temps d'explorer plusieurs étoiles dans une sphère de quinze années-lumière, avec des drones de chasse, avant que le Bellator ne soit en mesure de transiter à nouveau. Cela risquait de les entraîner dans un jeu du chat et de la souris qui se finirait inévitablement par l'apparition d'une flotte impériale, capable d'achever le gros navire. D'où l'importance de la mission du Randor, chargé de protéger la fuite du Bellator.

Le reste de l'équipe s'affaira à étudier une succession de transitions vers Polona, en tenant compte de la limite des quinze années-lumière imposées par la puissance des condensateurs pris sur les croiseurs de combat. Cela représentait un nombre considérable de sauts, car le système qui abritait la planète médiévale se situait à mille quatre cent cinquante années-lumière de leur position.

Darin fut chargé de rechercher la taupe. Opération délicate, car il ignorait s'il s'agissait d'un matériel-espion ou d'un humain. Le traître était peut-être Prag, ou Vira, tués tous les deux par les squirs. Mais dans le doute, il allait devoir recourir aux facultés de Paul pour sonder tout le monde et la suspicion allait altérer le moral du groupe. Les impériaux semblaient avoir repris l'avantage psychologique et matériel.

*

Chapitre 8

Sur Polona, la situation politique s'était considérablement crispée. Le duc Tâardian complotait plus que jamais pour renverser le roi Mâaspec et depuis qu'il avait été averti de l'altercation entre son fils et un étranger, proche d'un membre de la guilde du commerce. L'homme comptait bien profiter de la situation. Son conseiller privé, Perculio, âme noire s'il est était, lui avait soufflé l'idée de continuer à fomenter des troubles autour de Port Gâal et d'accuser le roi de ne pouvoir assurer la sécurité du peuple.

Tâardian avait donc envoyé une partie de sa garde personnelle dans les forêts proches de la capitale afin d'épauler les mercenaires et accroître les opérations de déstabilisation dans la population et les voies de commerce.

L'élite de la garde du duché s'était travestie en une bande de brigands et avait attaqué plusieurs caravanes et convois de marchandises. Quelques courtes razzias dans plusieurs villages autour de Port Gâal avaient achevé de provoquer l'inquiétude des notables, de la bourgeoisie et du peuple gâalanais.

Ces attaques à répétition commençaient à provoquer une pénurie dans les approvisionnements en produits frais et le roi Mâaspec avait dépêché une partie de sa garde à la poursuite de ces pillards, malheureusement sans aucun résultat et les hommes du duc tendaient régulièrement des embuscades aux forces royales, affaiblissant chaque jour, un peu plus, l'autorité du vieux roi.

Dans le même temps, le fils Tâardian en profitait pour se répandre, auprès de la Cour, sur l'affront infligé par ces étrangers, accusant directement la justice du roi Mâaspec. L'atmosphère de la capitale était de plus en plus pesante et les pairs du royaume commençaient à s'inquiéter, très ouvertement, de l'instabilité croissante.

Le roi avait tenu un conseil de guerre avec ses ministres et avait demandé à son général en chef de faire revenir une partie de l'armée stationnée aux frontières du royaume pour protéger la capitale de toute agression. Ce qu'ils ignoraient, c'est que les cavaliers envoyés avaient tous été interceptés par les gardes Tâardian et qu'aucun message ne parviendrait aux régiments de protection extérieurs. La ville était donc sans armée capable de la protéger, à court terme, d'un éventuel coup d'État.

De son côté, le prince Sertime commençait à être inquiet de ne pas avoir de nouvelles de Rliostem et Klosteran, car la date du jugement approchait et ses informateurs l'avaient averti de l'arrivée régulière d'hommes du duc en ville. La plupart des nobles de la cour commençaient d'ailleurs à quitter Port Gâal pour rejoindre leurs terres. Un signe qui ne trompait personne et Sertime était d'ailleurs persuadé que le duc Tâardian était derrière cet exode. La stratégie était habile, car, moins de nobles près du roi, cela signifiait moins d'épées en cas de conflit et participait à affaiblir politiquement Mâaspec. Les brigands avaient reçu comme instruction de laisser passer les convois des nobles quittant Port Gâal, afin de ne pas se mettre à dos d'éventuels futurs alliés, et peu de monde était conscient de ce qui se jouait réellement dans le royaume.

Cette situation inquiétait sérieusement Sertime et les autres princes marchands, car les conflits étaient toujours préjudiciables aux affaires. Mais leur crainte essentielle venait de la volonté affichée, depuis longtemps, du duc Tâardian de modifier les accords entre le royaume et la guilde des marchands. Sertime, qui méditait dans sa bibliothèque, savait que, quel que soit le roi, Port Gâal aurait toujours besoin de marchandises et que la guilde savait se rendre indispensable. Néanmoins, une période de troubles favorisait souvent les changements d'alliances, où pouvaient se faire et se défaire des positions commerciales durement acquises. Sertime était également le garant moral de la présence de Rliostem et Klosteran au cercle de la justice et leur absence commençait à devenir un problème. Non, décidément les jours à venir s'annonçaient sombres pour le royaume et le prince marchand commençait à envisager, lui aussi, de quitter la capitale. Si ce n'était sa réputation, il serait déjà loin, mais il avait donné sa caution morale. C'était-il trompé à propos de ces deux étrangers ? pensait-il, lorsqu'un domestique entra dans la pièce garnie de livres anciens.

- Prince, l'assesseur royal demande à vous voir dans l'instant. Annonça le serviteur.

- Fais-le entrer Lôor. Répondit très calmement le Prince, conscient du motif de cette visite.

L'assesseur entra lentement, avec assurance, dans la bibliothèque de Sertime et s'inclina légèrement, comme il convenait, devant le prince marchand.

- Mes respects, Prince Sertime. Salua l'homme d'une voix neutre.

- Mes respects Assesseur Royal. Sertime avait insisté sur le titre, marquant le fait qu'il n'ignorait rien du motif de la venue de l'émissaire de la justice royale.

L'homme semblait un peu mal à l'aise, mais il représentait la justice du roi de Gâal et son attitude était, malgré tout, posée.

- Pardonnez cette visite impromptue, Prince, mais les évènements nous dictent parfois notre conduite. Vous n'ignorez pas que les étrangers qui ont offensé le jeune Tâargrien et son cousin doivent combattre leurs champions dans quatre jours et ils n'ont pas été vus depuis plus de six jours… Il avait volontairement laissé traîner ses derniers mots, sous-entendant la possibilité que les étrangers ne soient plus à Port Gâal, malgré l'engagement de Sertime. L'hésitation avait cependant été suffisamment étudiée pour ne pas froisser inutilement le marchand.

- Oui, et bien ? répliqua négligemment Sertime comme si la subtilité de langage ne l'avait pas effleuré. La gêne de l'assesseur fut de courte durée, car il n'était pas né de la dernière pluie et le roi l'avait envoyé avec un objectif précis.

- Hum… Pardonnez d'avance ma requête, Prince, et ceci sans remettre en question votre caution morale envers ces hommes, mais je dois les voir sans délai. Pour les besoins du jugement, bien entendu… Ajouta-t-il en espérant ménager la susceptibilité de son prestigieux et influent interlocuteur.

Sertime, qui n'était pas dupe une seule seconde, n'entendait pas laisser la moindre ouverture à l'assesseur.

- Le jugement doit être rendu par le cercle de la justice, il n'est donc nullement nécessaire de les interroger. Expliquez-moi cette curiosité assesseur. S'agit-il d'une nouvelle procédure judiciaire dont je n'aurais pas entendu parler ? Je vais de ce pas en informer mon défenseur de justice. Il sera enchanté de découvrir cette bizarrerie. Sertime jouait son rôle à la perfection, mais cela ne suffit pas à décourager l'envoyé du roi.

- Voyons Prince, nous savons, vous et moi, que je n'ai en effet nul besoin d'interroger ces hommes dans le cadre de cette affaire. Admit l'homme sans détour.

L'assesseur avoua le réel motif de sa venue qui était de vérifier que ces hommes étaient toujours sous la protection du marchand. Les Tâardian avaient ouvertement fait courir le bruit que Sertime les avait volontairement laissé s'échapper afin de décrédibiliser l'honneur du duc Ravokâan, accusant presque le roi de complicité. Naturellement, Mâaspec ne pouvait pas laisser s'installer le doute et lui avait enjoint de s'assurer personnellement de leur présence pour le jugement. Le Roi ne pouvait pas se permettre, en ce moment, de contrarier le duc Tâardian. L'homme de loi s'était dévoilé et la marge de manœuvre de Sertime se rétrécissait. Il joua cependant sa dernière carte.

- Allons assesseur, avec tout le respect que je vous dois, vous savez bien que Ravokâan Tâardian est à l'origine de ces troubles et qu'il n'attend qu'une occasion pour forcer le roi à donner la main de sa fille à cet idiot de Tâargrien, voire pire… Le prince marchand s'aventurait sur un terrain glissant en abordant directement, et sans ambages, la politique du royaume.

- Justement, ne lui donnons pas de motif qui servirait à justifier une action brutale de sa part. Port Gâal n'est pas en capacité de soutenir un siège sans les régiments des frontières. À la surprise de Sertime, l'assesseur n'avait pas évité le sujet et, au contraire abondé dans son sens. L'homme, quoiqu'inconnu du prince marchand devait être très proche du roi.

- Si je me souviens bien, l'envoi de ces régiments aux frontières était une idée du duc lors d'un conseil royal l'année passée ? Tenta encore le marchand.

- Oui en effet, visiblement le bougre prépare son affaire depuis longtemps, mais le fait est là : il nous tient provisoirement et il faut gagner du temps avant que l'armée ne revienne. En un mot comme en cent : puis-je voir les étrangers et rassurer le roi ? Cette fois-ci, il n'y avait plus d'échappatoire possible. La question était directe et ne souffrait aucune tergiversation. Sertime dut se résoudre à avouer la vérité.

- Malheureusement non, ils ne sont pas ici. Avoua, à regret, le marchand.

Étonnamment, l'Assesseur ne parut pas surpris et Sertime pensa aussitôt qu'il devait y avoir au moins un espion dans son personnel. Il classa l'information en se promettant de vérifier cette hypothèse, car la pensée d'avoir un informateur dans son entourage ne l'enchantait guère. Dans ces périodes troubles, un mort de plus ou de moins passait souvent inaperçu et il ne souhaitait pas disparaître avec l'eau du bain.

Pour le moment, Sertime était piégé : il avait escompté que la politesse interdise à l'assesseur d'insister, mais celui-ci était entré franchement dans la conversation en lui expliquant la situation sans détour et la volonté du roi. Il avait été contraint de tout dévoiler.

- Ils ont dû se rendre hors de la ville pour des motifs que j'ignore, mais qui semblaient cruciaux à leurs yeux. J'ai accepté leur parole de revenir pour la date du jugement. Expliqua le marchand.

- Vous avez été étonnement confiant, Prince. J'espère pour vous qu'ils se présenteront. Il y va de votre vie et je parle sérieusement. L'assesseur avait froncé les sourcils et semblait réellement surpris par l'attitude du marchand, réputé pour sa prudence.

- J'en ai conscience, assesseur. Sertime avait appuyé sur le A. J'ai envoyé l'un de mes plus proches conseillers à leur recherche avec quelques gardes, mais il se pourrait qu'ils soient tombés dans une embuscade, car aucun n'est revenu.

- Il ne manquerait plus que des bandits aient enlevé ou, pire, tué ces deux étrangers ! s'emporta l'assesseur, soudain inquiet des conséquences.

- Ils m'avaient l'air de bien savoir se défendre, mais ces hors-la-loi deviennent de plus en plus audacieux. Ils s'en prennent à presque toutes les caravanes qui sortent ou entrent dans la capitale. Fit Sertime en tentant de rassurer son interlocuteur autant que lui-même.

- Le roi s'en inquiète beaucoup, car ils semblent vouloir nous asphyxier économiquement. Mâaspec pense qu'il s'agit de mercenaires payés par les Tâardian. Étonnamment, l'assesseur partageait les craintes du roi et cet aveu renforça l'intuition de Sertime sur l'importance du rang de son interlocuteur.

- C'est également l'avis de la guilde, mais nous n'avons aucune preuve... avança prudemment le marchand.

- Malheureusement, nous ne pouvons accuser le duc Tâardian sans certitudes, ce serait lui fournir une excellente occasion de mettre encore en cause la justice royale et de se faire passer pour une victime. Mais revenons à vos étrangers, il est vital qu'ils se présentent le jour du jugement. Vous devez tout mettre en œuvre pour les retrouver. L'Assesseur avait appuyé la fin de sa phrase laissant transparaître une menace à peine voilée à l'encontre du Prince.

Le roi devait être acculé pour que l'un de ses représentants ose menacer, aussi ouvertement, un prince de la guilde de l'envergure de Sertime. Celui-ci comprenait parfaitement la situation et chercha à rassurer son interlocuteur.

- Ils seront présents le jour du jugement. Vous pouvez transmettre cette information au roi. Affirma-t-il une nouvelle fois.

- Je vais la lui transmettre, venant directement de votre bouche, Prince Sertime… Acquiesça l'assesseur, sous-entendant le poids de la responsabilité du marchand dans cette affaire.

L'homme de loi avait insisté sur sa dernière phrase indiquant qu'en cas d'absence de Klosteran et Rliostem, la faute lui en incomberait. Son honneur serait entaché à tout jamais et sa position sociale, dans le royaume de Gâal, remise en cause, voire sa tête…

Mais tout espoir n'était pas perdu, il restait encore quatre jours avant le jugement.

*

Dans le système d'Epsilon Eridani, les travaux de réparation du Bellator progressaient à un rythme soutenu. Les portes endommagées avaient été débloquées, permettant à tous les croiseurs de sortir dans l'espace. Plusieurs vantaux étaient partiellement détruits et, sans les générateurs de champs Horlzson, il aurait été impossible d'envisager une transition quantique. Les petits navires-usines avaient collecté des matières premières sur les satellites et astéroïdes, mais malheureusement n'avaient pas trouvé de minerai de corodria. Le Bellator ne pourrait donc pas réparer sa coque dans ce système solaire, car les stocks embarqués n'étaient pas suffisants. Heureusement, Sarian savait maintenant, par Klosteran et Rliostem, que la septième planète du système de Polona regorgeait de ce minerai et qu'il serait possible de restaurer entièrement le gigantesque navire de guerre. S'ils parvenaient à quitter Epsilon Eridani …

La propulsion interstellaire du Bellator était de nouveau opérationnelle grâce aux condensateurs Verakin des quatre croiseurs de guerre. Les androïdes de maintenance avaient commencé la construction de condensateurs hautes performances pour remplacer ceux détruits par le commando suicide des squirs et ce n'était qu'une question de temps avant que le navire soit, de nouveau, pleinement opérationnel. Mais c'était justement le temps qui leur manquait.

L'énorme sphère gagnait la périphérie du système pour tenter un premier saut quantique et Sarian était particulièrement tendu, car il craignait l'arrivée de croiseurs survivants, en provenance du système solaire terrien. Le Randor était sur le pied de guerre, dissimulé derrière son écran furtif. Le petit aviso avait été ravitaillé et s'était aussitôt dirigé vers l'extérieur du système d'Epsilon Eridani, se tenant prêt à ouvrir le feu sur tout navire impérial en émergence. Sarian ne se faisait néanmoins pas trop d'illusions sur les capacités offensives du petit appareil. Il pourrait certainement endommager un croiseur, mais, s'il s'en présentait plusieurs, il devrait fuir pour éviter d'être détruit, car les navires ennemis pourraient aisément retracer la source du tir de torpilles et saturer l'espace environnant de mini trous noirs dévastateurs pour un petit appareil aux champs de protection peu puissants.

Le saut quantique vers Epsilon Eridani les avait entraînés à plus de dix années-lumière du système solaire et à 35° de l'axe galactique par rapport au système terrien. Il y avait trente-trois étoiles dans une sphère spatiale de 12,5 AL de la Terre et à peu près autant d'Epsilon Eridani. Plus ils multiplieraient les sauts, plus il serait difficile à un appareil impérial de les retrouver malgré les drones de chasse.

Lors du saut en urgence, depuis le système terrien, Sarian avait intentionnellement choisi une étoile qui ne soit pas dans l'axe du centre galactique, qui les aurait pourtant rapprochés de la bordure au-delà de l'Empire, afin de leurrer ses adversaires. Il devait continuer dans cette voie bien qu'avec des sauts de dix à quinze années-lumière au maximum, le voyage, pour rallier Polona, risquait d'être interminable. Dans les limites des capacités énergétiques du gros porte-croiseur, Sarian choisit, pour premier saut, l'étoile Sirius qui se trouvait à environ 46° de la Terre par rapport au centre galactique et à moins de dix années-lumière d'Epsilon Eridani.

D'après les senseurs, longue portée, et les données collectées sur Terre depuis leur arrivée, Sarian savait que le système de Sirius les rapprocherait un peu du système solaire terrien. L'étoile de Sirius était située à plus de 8,5 AL du soleil terrien. Il s'agissait d'un système binaire comportant une étoile blanche principale de type A0 et une naine blanche. Un troisième astre en fin de vie, pratiquement éteint en faisait potentiellement un système triple et compte tenu de la typologie particulière de ce système, l'IA indiquait que l'étoile principale avait probablement siphonné la masse des deux autres étoiles. Cela expliquait en partie sa croissance rapide puisque l'étoile blanche avait approximativement 250 millions d'années. Paul et Mélanie prenaient conscience de l'avancée technologique des appareils ildarans qui leur prodiguaient un petit cours d'astronomie

Le Bellator était encore à 3,3 milliards de kilomètres d'un point de saut lorsque l'IA déclencha l'alarme du bord.

- Deux vaisseaux en émergence a 6,7 heures-lumiere a 60° par rapport a l'axe stellaire. Il s'agit de croiseurs imperiaux, leurs signatures energetiques

CORRESPONDENT A DES APPAREILS IDENTIFIES LORS DU DERNIER COMBAT DANS LE SYSTEME SOLAIRE TERRIEN.

- Niir a dû rallier une base impériale, avec le Carou 4, pour alerter la flotte. Fais sortir les cinq croiseurs de combats en état de manœuvrer et lance-les à leur poursuite. Ces vaisseaux ne doivent pas nous suivre vers Sirius. Ordonna Sarian.

- Attends ! intervint Darin, si nous faisons sortir nos croiseurs, ce sera la confirmation de l'incapacité du Bellator à combattre. Niir a dû leur communiquer que le porte-croiseurs était endommagé et incapable de se défendre. Ils doivent déjà être étonnés de le voir naviguer. Ils peuvent penser que les Squirs ont échoué dans le sabotage et que nos capacités énergétiques sont intactes.

- Oui, tu as raison. Approuva Sarian. IA stoppe le lancement. Mets le cap sur ce croiseur et verrouille nos systèmes de tirs sur eux. IA, des réactions de leur côté ?

- LES APPAREILS ENNEMIS RESTENT PARFAITEMENT IMMOBILES ET LES FILETS DE CAPTAGE NE SONT PAS DEPLOYES. ILS DOIVENT SE TENIR PRETS A TRANSITER.

- Cela signifie qu'ils cherchent à découvrir nos intentions, mais qu'ils se méfient quand même de la puissance de combat du Bellator, émit Telius, d'autant qu'il ne doit plus leur rester beaucoup de capacité offensive après notre affrontement dans le système solaire. Continuons l'intimidation en nous dirigeant droit sur eux. À 0,2C nous avons environ dix heures avant de pouvoir les engager militairement. IA, des nouvelles du Randor ? s'enquit l'Ildaran.

- IL EST EN MODE FURTIF DEPUIS DEJA DEUX HEURES TRENTE ET D'APRES SON PLAN DE VOL IL DEVRAIT ETRE A ENVIRON TRENTE-CINQ MINUTES-LUMIERE DES CROISEURS IMPERIAUX.

- Avec un peu de chance, il devrait pouvoir les engager avant qu'ils n'abaissent leurs boucliers. Les appareils ennemis sont en état de défense ? demanda Sarian.

- NON, LEURS SENSEURS LONGUE PORTEE SONT VERROUILLES SUR NOUS, MAIS AUCUN SIGNE D'ACTIVATION DES SYSTEMES D'ARMES. ILS SAVENT QUE NOUS SOMMES ENCORE TROP LOIN POUR REPRESENTER UNE MENACE.

- Bien, occupons leur attention et laissons le Randor les attaquer par surprise. Proposa Darin.

Rien ne surviendrait dans les minutes à venir et il était temps de se détendre un peu. Mélanie en profita pour poser une question qui le taraudait depuis un moment. L'attitude de la jeune fille avait changé du tout au tout.

- Excuse-moi Sarian, comme nous avons un peu de temps, il y a une question qui m'intrigue sur la navigation spatiale. Comment faites-vous pour vous repérer dans l'espace ? demanda l'adolescente, sous le regard étonné de Paul, qui s'était également interrogé sur le sujet.

- Ce sont les calculateurs de navigation dépendants de l'IA qui s'en chargent. Répondit Sarian, plutôt satisfait de l'intérêt de la jeune fille.

L'ildaran leur expliqua que les systèmes de positionnement interstellaires calculaient les coordonnées du vaisseau, par triangulation, en fonction d'étoiles de références. Il y avait dans la galaxie, des sortes de phares stellaires et la technologie ildarane s'appuyait sur les coordonnées astronomiques d'une cinquantaine de supernovae, d'une dizaine de pulsars et de quelques quasars. Un peu comme le GPS sur Terre qui calculait une position en fonction de satellites, sauf que les calculateurs devaient tenir compte de la distorsion temporelle importante séparant la lumière des étoiles de leurs coordonnées spatiales en temps réel. Le mouvement circulaire de la galaxie était pris en compte, sachant que la vitesse linéaire de rotation des étoiles était d'environ deux cent cinquante kilomètres par seconde. De ce fait, la position d'un navire par rapport aux coordonnées réelles des étoiles de référence pouvait varier de plusieurs milliers d'années-lumière avec celles de leurs observations visuelles.

- Comme le sujet était assez complexe et dépassait largement le niveau de connaissance de Sarian, celui-ci proposa à la jeune fille d'en discuter avec l'IA qui pourrait répondre à toutes ses questions et lui sélectionner des représentations spatiales sur les projections holographiques du bord. L'ildaran était ravi que l'adolescente ait changé d'attitude. Elle a un sacré tempérament. Songea-t-il.

- Moi aussi j'ai une question. Intervint Paul. J'ai conversé avec l'IA sur un mode télépathique, mais je n'ai pas osé trop échanger avec elle, car je suis mal à l'aise. Je me l'imagine comme un gros cerveau connecté à des machines ? Il avait parlé doucement de crainte que l'IA ne l'entende.

- Non, sourit Oria. Les IA sont de gros calculateurs quantiques contrôlés par une unité biologique de neurones synthétiques, plus ou moins importante, en fonction des missions assignées. Ils n'ont absolument rien d'humain, je t'assure.

- Ce serait donc avec ces neurones totalement artificiels que je peux échanger télépathiquement ? s'étonna Paul.

- Assurément, bien que je n'ai pas d'exemple de communication directe entre un psykan et la partie neuronale d'une IA. J'ignorais d'ailleurs que ce fut possible avant toi. Répondit l'ildarane.

- Tir d'une salve de torpilles vers les croiseurs impériaux a moins de trois millions de kilometres. Les deux appareils viennent de transiter. Distance du saut inferieure a trente annees-lumiere.

- Le Randor était donc plus proche des croiseurs ennemis que nous ne le pensions. IA mets-moi en communication. Ordonna Sarian

- HOLOCOM ACTIVE.

- Klosteran en attente d'instruction, fit la matérialisation holographique de l'ildaran.

- Bravo pour le tir. Transmit Sarian.

- Nous n'avons pas eu beaucoup de mérite derrière notre écran furtif. J'ai préféré engager le combat à courte portée pour qu'ils n'aient pas le temps de riposter. Malheureusement, ils devaient avoir activé une procédure de saut d'urgence pour être capables de transiter aussi vite. Rliostem semblait sincèrement déçu de ne pas avoir au moins endommagé l'un des vaisseaux de combat.

- Les impériaux connaissaient les capacités furtives du Randor et devaient se méfier. C'est déjà bien de s'en être débarrassé. Cela compliquera leurs options de quadrillage stellaire après nos sauts. Intervint Darin.

- Maintenant qu'ils sont en fuite, nous devons retourner sur Polona pour le jugement, autrement notre crédit sur cette planète sera compromis et cela compliquerait notre capacité d'y établir une base. Affirma Rliostem.

- Allez-y, inutile de nous attendre, avec une autonomie limitée à quinze années-lumière, il va nous falloir probablement plus de cent transitions pour vous rejoindre. Nous n'y serons pas avant au moins sept jours ildarans. Approuva Sarian, conscient de l'importance de la mission de ses deux hommes sur la planète moyenâgeuse.

- Parfait. Faites attention aux plateformes de défense en arrivant. Ajouta Klosteran, avec un petit geste de salut amical.

- Pas d'inquiétude. Bon vol. Leur souhaita le chef de la garde de Paul.

- Merci Sarian, bon vol, que les vents stellaires vous soient favorables. Conclut Baliran.

Le Randor coupa la communication et réapparu brièvement sur les senseurs, s'immobilisa et enclencha son propulseur Randarion qui ouvrit un trou de vers dont l'intensité de l'ébranlement de la structure de l'espace correspondait à un déplacement de près de deux cents années-lumière.

*

Chapitre 9

Le petit vaisseau furtif émergea à la périphérie d'une étoile rouge et les filets de captage furent immédiatement déployés. Il faudrait plus de deux heures pour recharger les condensateurs et être capable de repartir. Le Randor devrait effectuer cinq autres ravitaillements avant d'atteindre sa destination finale.

À l'issue du dernier saut, le Randor émergea dans le système de Polona, système de camouflage activé. Tous ses senseurs de détection étaient à la recherche de systèmes d'armes. Ces précautions s'avérèrent utiles, car les contrebandiers semblaient déterminés à détruire ce vaisseau fantôme. Deux anciens vaisseaux de combats étaient répartis à la périphérie du système prêt à fondre sur un intrus. Si le Randor avait émergé en mode normal, les croiseurs se seraient rués sur lui dans les nanosecondes suivant sa transition. Cette situation compliquait la navigation du Randor, car, après le dernier saut de deux cent trois années-lumière, les réserves d'énergie Kin étaient trop basses pour rallier la planète intégralement en mode furtif.

- Enfer ! Ils deviennent agaçants, ces contrebandiers. Ragea Rliostem.

- Nous n'avons pas assez d'énergie pour atteindre la seconde planète. Nous serons bien obligés d'activer un captage. Souligna Baliran.

Ce n'était qu'un léger contretemps, car les navires de la guilde ne pouvaient transiter que dans la périphérie. Une fois entré dans le système en mode furtif, le Randor pourrait activer ses filets de captage, et les croiseurs ne pourraient pas le menacer. Le petit aviso disposerait de suffisamment de temps pour collecter assez de matière noire et rallier Polona. Il devrait par contre se faire discret une fois posé sur la planète, car les vaisseaux ennemis ne manqueraient pas de le rechercher.

- De toute façon, d'ici une semaine le Bellator fera le ménage dans le système et nous n'aurons plus de souci de furtivité. Ajouta l'ancien contrebandier.

- Bonne remarque, Baliran. IA faisabilité de cette stratégie ? s'enquit Klosteran.

- L'energie Kin disponible permet de naviguer onze heures trente-huit minutes et seize secondes a 0,3 C en mode furtif.

L'IA avait calculé les données et égrena ses constantes : un captage après dix heures de vol les mettrait hors de portée des torpilles des croiseurs pendant cinq heures et vingt minutes. Dans ce système, il faudrait trois heures de captage de matière noire pour transformer assez d'énergie Kin pour rallier Polona en mode furtif. La marge était donc considérable. Le paramètre inconnu résidait dans le nombre de plateformes mobiles. Si l'une d'elles se trouvait à proximité du Randor lorsque celui-ci redeviendrait visible sur les senseurs, il faudrait engager le combat dans des conditions défavorables au petit vaisseau. Néanmoins, l'IA avait calculé une probabilité de réussite de cette stratégie de 93,5432 %.

- Dans ce cas plus d'hésitation. IA, cap vers l'intérieur du système. Ordonna Rliostem.

Il restait encore trois jours avant le jugement du cercle. Le Randor prit la direction de la seconde planète à la vitesse de 0,3C, tous les senseurs actifs, à la recherche de plateformes mobiles. L'IA en repéra quatre, très éloignées de leur cap, mais il pouvait néanmoins en exister d'autres en veille. Rliostem mit ce temps à profit pour faire fabriquer par les minifabs du bord trois sabres en corodrium, copies parfaites des modèles utilisés par les Gâalanais.

Ces armes étaient plus légères et beaucoup plus solides que n'importe quelle lame fabriquée sur Polona et les deux ildarans s'entraînèrent au combat avec Baliran qui avait eu le temps d'étudier les techniques locales et leur apprit quelques bottes, particulièrement efficaces.

*

Sur le Bellator, tout le monde se préparait à la première transition en direction de Sirius. Il leur faudrait patienter ensuite plus de deux heures pour recharger les quatre condensateurs. L'IA avait planifié une succession de sauts quantiques devant les amener au large de Proxima Century puis dans le système de Ross, selon la terminologie astronomique terrienne.

À chaque transition, il faudrait entre deux et trois heures de captage de matière noire pour recharger les condensateurs, ce qui promettait un long et fastidieux voyage. L'itinéraire les entraînerait non loin des systèmes d'Altaïr et d'Aldebaran puis dévierait de vingt-cinq degrés par rapport au centre galactique en direction de Polona, distante de mille trois cent quatre-vingts années-lumière. Il faudrait ainsi plus de cent transitions quantiques pour atteindre leur destination.

Un voyage, de plus de deux cents heures, qui s'annonçait monotone. Sarian en profita pour faire le point avec Larsen sur ce qui les attendait à leur arrivée sur la planète et sur la situation politique dans l'Empire.

Paul et Mélanie étaient accaparés par Darin et Xionnes, chargés de les entraîner au combat à l'arme blanche, car la jeune fille avait rapidement compris qu'il lui faudrait savoir se défendre et avait insisté pour apprendre à combattre. Oria complétait l'emploi du temps de Paul par des exercices psychiques de plus en complexes et elle était agréablement surprise par les progrès de son élève, devenu rapidement beaucoup plus puissant qu'elle.

Lors des périodes de relâche, les deux adolescents exploraient les possibilités du Bellator et ils étaient toujours émerveillés par les technologies du navire. L'IA semblait prendre plaisir à dialoguer psychiquement avec le garçon, rendant la jeune fille un peu jalouse de ne pouvoir partager ces instants avec le calculateur intelligent. Même si l'IA était constituée de neurones artificiels il semblait que sa partie organique soit capable de notions émotionnelles simples et c'était une découverte pour tous les ildarans, car personne, auparavant, n'avait jamais échangé directement avec la partie consciente d'une IA.

- MELANIE, PAUL, NOUS ALLONS EMERGER A PROXIMITE DE L'AMAS DES HYADES, VOUS DEVRIEZ OBSERVER CELA SUR LES AFFICHEURS HOLOGRAPHIQUES DE LA SALLE TACTIQUE. C'EST UN SPECTACLE QUE DEVRAIENT APPRECIER LES HUMAINS. Annonça Bella.

- Bien, nous nous y rendons. Sarian ne l'utilise pas ? s'enquit la jeune fille.

- SI. LA SALLE EST OCCUPEE ACTUELLEMENT PAR SARIAN, LARSEN, XIONNES ET TELIUS, MAIS JE VAIS LES AVERTIR DE VOTRE ARRIVEE. PRENEZ LE PROCHAIN TUBE GRAVITIQUE A DROITE, UN ŒUF DE TRANSPORT VOUS Y ATTEND.

- Merci, Bella. Lança Paul en se dirigeant à la suite de la jeune fille vers la porte de la salle de repos dans laquelle ils se trouvaient.

L'adolescent, qui avait récemment baptisé l'IA, avait pris l'habitude de la remercier, bien qu'elle soit artificielle et, curieusement, celle-ci semblait apprécier d'avoir un nom. Paul avait pensé tout d'abord la dénommer Bellatrix, nom féminin de Bellator, mais il avait tranché pour Bella, plus simple. Il se demandait comment les ildarans prendraient le fait qu'il lui ait attribué un nom.

Le gros vaisseau disposait de plusieurs moyens de transport allant de simples tapis roulants, aux ascenseurs gravitiques jusqu'aux œufs de transport d'une à quatre places. Il suffisait de se rendre à la porte d'un tube gravitique et de monter dans un œuf. Celui-ci se déplaçait dans les tubes sous vide jusqu'au terminal le plus proche du point de destination. Comme les humains n'étaient pas nombreux à bord du navire, il n'y avait pas d'attente. Il ne fallut que quelques secondes, à l'œuf de transport, pour atteindre la station la plus proche de la salle tactique. Ni Paul ni Mélanie n'avaient ressenti la formidable accélération, compensée par les systèmes anti-gravités de l'engin.

Les deux adolescents arrivèrent dans la salle tactique où tout le monde les attendait, avertis par Bella. Le Bellator avait émergé de son trou de vers quelques instants auparavant et les projections holographiques hémisphériques de la salle tactique avaient envahi leur champ de vision.

Tous pouvaient admirer cet amas de plus de trois cents étoiles regroupées dans un espace d'environ cent trente années-lumière de diamètre, situé dans la région que les terriens appelaient la constellation du Taureau. Mélanie et Paul contemplaient un spectacle qui aurait enflammé n'importe quel astronome terrien. De la Terre il n'était, en effet, pas possible de distinguer plus de cent cinquante étoiles parmi les plus brillantes, les autres étant soit de trop faible luminosité, soit masquées derrière le noyau de l'amas.

Paul eut un pincement au cœur en s'imaginant avec Stéphanie devant ce spectacle grandiose. Le souvenir de la jeune femme se mêla à celui de ses parents et provoqua une émission psychique mélancolique involontaire. Oria enregistra immédiatement la perturbation mentale du jeune homme et se tourna vers lui.

- Paul ? Tout va bien ? S'enquit-elle

- Oui, merci. Un moment de nostalgie. J'aurais aimé pouvoir partager cet instant avec Steph. Mais c'est malheureusement impossible… Fit-il en détournant légèrement la tête, gêné par le regard de Mélanie qui devait penser à Alex.

- Je pensais à la même chose Paul, mais rien n'est définitif. Avec la technologie ildarane, nous pourrons toujours revenir sur

Terre ? Esquissa la jeune fille, devenue optimiste depuis qu'ils avaient quitté le système solaire.

- Tant que Kera 1er dirige l'Empire, c'est peu probable et, si je deviens empereur, je ne crois pas avoir le loisir de pouvoir, un jour, retrouver mes parents. Quant à Steph, dans quelques mois elle m'aura oublié… Rétorqua Paul, pensif. Mais bon, changeons de sujet. Bella, quelle est cette étoile très brillante dans le quadrant supérieur gauche ?

- IL S'AGIT D'UNE ETOILE DE CLASSE SPECTRALE A NOMMEE THETA TAURI DANS LA NOMENCLATURE TERRIENNE, PAUL.

Si les ildarans furent surpris d'entendre Paul appeler l'IA Bella, et la machine répondre à son prénom, personne ne fit de remarque.

- À quelle distance sommes-nous de la Terre maintenant ? s'enquit Mélanie, curieuse.

- LE BELLATOR EST MAINTENANT DISTANT DE CENT CINQUANTE-TROIS ANNEES-LUMIERE DU SYSTEME SOLAIRE. L'IA bascula en mode télépathique à l'attention de Paul. [SI TU VEUX JE PEUX ACTIVER MES SENSEURS TRES LONGUE DISTANCE POUR TE FOURNIR DES VUES PLUS COMPLETES DE CET AMAS.]

- Merci, Bella, je voudrais que tu me donnes des informations sur ces deux autres étoiles très brillantes là, répondit-il en tentant le doigt vers une partie de la projection holographique.

- IL S'AGIT DE GAMMA DELTA ET EPSILON QUI, COMME THETA TAURI, SONT DES GEANTES ROUGES.

- Et au centre, cette grande luminosité, qu'est-ce que c'est ? Voulut savoir Mélanie, elle aussi, émerveillée par le spectacle.

- C'EST LE CŒUR DE L'AMAS DES HYADES. MES SENSEURS DETECTENT HUIT NAINES BLANCHES, CHACUNE D'ENVIRON TROIS MASSES SOLAIRES ET TRES ACTIVES.

- C'est magnifique ! Paul avait les larmes aux yeux devant la beauté des projections tridimensionnelles. Nous sommes loin de Polona ?

- Encore plus de mille trois cents années-lumière. Polona est située dans le bras du Sagittaire.

- Nous allons traverser cet amas ? interrogea le garçon.

- Non, les étoiles sont trop rapprochées et la navigation est plus délicate dans les amas stellaires. Notre route passe à trois années-lumière au large.

Devant un tel spectacle, le temps avait paru s'arrêter pour tous les passagers du Bellator et les condensateurs à énergie Kin étaient de nouveau prêts à activer la propulsion quantique. Bella enclencha une nouvelle transition et le gros vaisseau se retrouva quinze années-lumière en avant.

- C'est joli, Bella, comme prénom, nota Oria.

Paul se trouva un peu penaud face à sa sensiblerie, mais Sarian vint à son secours :

- C'est plutôt une bonne idée, cela personnalisera un peu notre vaisseau. Va pour Bella. Conclut-il devant Paul, ravi.

Durant les huit prochains sauts, ils longèrent l'amas des Hyades, mais au bout de la troisième transition, le spectacle commença à lasser les plus admiratifs. Irias en profita pour annoncer le déjeuner et tous se rendirent dans la grande salle à manger. Les réserves du bord semblaient combler l'intendant qui avait retrouvé, avec plaisir, des mets oubliés pendant les dix-sept années passées sur Terre : des volailles de Kharitra, des vins de Mertane, des épices de Sylphiria, etc. Autant de spécialités venant des planètes humano-compatibles des quatre-vingt-douze systèmes planétaires de l'empire. Une bouffée de nostalgie envahit les ildarans devant les plats préparés par les androïdes du bord, suivant les instructions d'Irias.

Même Sarian, d'ordinaire plus secret et imperturbable, semblait réceptif à ce moment particulier.

- Je lève mon verre à l'empereur Verakin, aux amis et frères qui sont tombés pour la réussite de notre cause et à toi Ishar pour que tu retrouves la place qui échoie à ta lignée depuis trente-cinq siècles. Verakin Ildaran Frîîkr !

Paul ressentit soudainement un immense poids sur les épaules. Il venait de prendre définitivement conscience que son avenir ne lui appartenait plus et qu'il représentait un espoir pour des millions d'ildarans. Le discours de Sarian avait éveillé un sentiment de patriotisme qu'il n'imaginait pas. Il savait maintenant qu'il avait le devoir de combattre les Seravon jusqu'à la victoire, même s'il se savait peu préparé à cette responsabilité, car personne d'autre que lui n'avait de légitimité pour destituer Kera 1er.

- [Je veille sur toi, jeune Verakin…]

- [Émissaire ?]

- [Oui, j'ai été réactivé pour t'encourager. Ta force de caractère et ta volonté détermineront l'avenir de cette région de l'espace pour des dizaines de milliers d'années. Aie confiance en toi et suis tes intuitions. Au revoir jeune Verakin. Suis ton instinct…]

- [Émissaire… Émissaire ? J'ai tant de questions.]

L'entité avait déjà rompu le contact télépathique avec Paul, mais Oria avait remarqué une étrange perturbation psychique autour d'eux.

- Paul ? Tout va bien ? s'enquit-elle inquiète. J'ai cru un instant avoir perdu mes aptitudes psykane, j'ai ressenti comme un grand vide autour de nous.

- C'est l'entité émissaire qui s'est manifestée, mais je n'ai pas pu échanger grand-chose. Je la cherche mentalement, mais elle a disparu. Répondit l'adolescent, concentré.

- Cette chose a réussi à nous tracer jusqu'ici ? s'alarma Sarian.

- Avec tous ces diamants autour de ma tête je dois être un phare stellaire pour elle. J'ai réussi à la sonder superficiellement et cette entité ne nous est pas hostile, bien au contraire. Compléta Paul.

- Ne te fie pas trop à tes talents. À cette échelle de puissance psychique, il doit lui être assez facile de leurrer un psykan, même toi. Mais je lui laisse le bénéfice du doute, car il faut reconnaître qu'elle nous a aidés jusqu'ici. Restons cependant méfiants, car nous ne connaissons pas ses objectifs réels et ils pourraient bien différer des nôtres. Avertis Oria.

- Après cette interruption non sollicitée, mais encourageante, je lève, moi aussi, mon verre à notre entreprise. J'ajoute des remerciements tout particuliers à Sarian et à toute l'équipe qui m'a sauvé, enfant sur Ildaran Prime, et qui m'a protégé jusqu'ici. J'espère être digne de vous. Paul avait improvisé ce petit discours, mais celui-ci fit son effet auprès de l'auditoire.

Seule Mélanie resta un peu dubitative devant la ferveur apparente de Paul. Elle était un peu dépassée par la tournure des évènements, mais après avoir bu un second verre, d'un breuvage inconnu fortement alcoolisé, elle avait oublié ses états d'âme.

La conversation reprit autour de Larsen qui résuma la situation de l'empire durant les dix-sept dernières années, à la demande d'Oria qui n'avait pas participé au premier débriefing.

- Comme je l'ai indiqué en détail, en réunion, l'Empire n'a pas beaucoup changé en apparence. Dix-sept ans, c'est très peu dans l'histoire de notre société bâtie il y a trente-cinq mille ans.

L'ancien contrebandier narra comment Kera 1er s'était imposé par la force après la chute du clan Verakin. Dès le début de l'insurrection, sa milice privée avait verrouillé Ildaran Prime et aucune des grandes familles n'avait été en mesure de lui opposer assez de ressources pour lui barrer l'accès au trône. Officiellement, aucune grande famille ne s'était alliée aux Seravon pour revendiquer le coup d'État, mais tout le monde s'accordait à penser qu'au moins l'une d'elles était intervenue. Il est impensable que les Seravon aient pu monter seuls une opération militaire de cette envergure, car les troupes du clan Seravon avaient pris le pouvoir sur plus de vingt planètes simultanément. Tout particulièrement les planètes intégrant les arsenaux et les forces spatiales. Au moins vingt mille miliciens avaient débarqué sur Ildaran Prime et des commandos avaient réussi à désactiver tous les systèmes de sécurité ainsi que les androïdes de combats protégeant le palais. Cela avait impliqué un très grand nombre de complicités sur la planète mère.

L'Empire était resté désorganisé à peine deux semaines. Quelques fidèles à la maison Verakin avaient bien tenté un coup de force en revenant dans le système mère, mais des centaines de vaisseaux de combat les attendaient. Ils n'avaient même pas pu pénétrer, de plus de cinq millions de kilomètres, à l'intérieur du système. Un grand nombre de vaisseaux avaient été détruits et les survivants avaient fui. Ensuite, tout était redevenu normal, du moins en apparence.

Sur les planètes extérieures, rien n'avait changé : elles fournissaient toujours l'essentiel des denrées alimentaires et industrielles de l'empire. Sur Ildaran Prime et les planètes arsenal, il y avait eu de grands changements dans la chaîne de commandement. Tous les amiraux et militaires gradés avaient été évincés au profit de proches des Seravon et des Malezari, qui s'étaient ralliés ouvertement au nouvel empereur. Kera 1ᵉʳ avait constitué une garde prétorienne, appelée les squirs qui avait une sinistre réputation et était intervenue de nombreuses fois pour mater quelques révoltes sur plusieurs planètes. À chaque fois, de nombreux membres des familles dirigeantes avaient disparu sans laisser de trace.

Tous écoutaient attentivement le récit de Larsen et plus spécialement Paul qui avait tout à apprendre sur l'Empire.

Larsen continuait, grisé par ses propres paroles et heureux d'avoir un auditoire aussi attentif. Il raconta comment les anciens gardes du clan Verakin furent pourchassés et tués pour la plupart, comment un grand nombre d'entre eux avaient réussi à se cacher dans la bordure, au-delà du prolongement du bras Écu-Croix.

Le bras Écu-Croix se prolongeait presque jusqu'à la périphérie de la Voie Lactée. Plus on s'éloignait du centre du bras spiral, plus les étoiles se raréfiaient jusqu'à atteindre le halo stellaire, partie externe de la composante sphéroïdale de la Voie Lactée, puis le grand vide entre les galaxies. L'Empire n'exerçait pas sa tutelle dans cette région de l'espace, car aucune planète habitable n'avait été découverte et il s'agissait d'une zone sans foi ni loi, où les pirates côtoyaient les contrebandiers et les mineurs indépendants. On trouvait également quelques déserteurs de la Confédération de Lorka, opposés à l'humeur guerrière de ses dirigeants, qui avaient réussi à embarquer sur des vaisseaux ildarans. La région contenait un grand nombre d'astéroïdes renfermant les minerais les plus divers qui faisaient le bonheur des prospecteurs indépendants. Quelques sociétés minières avaient bien tenté d'explorer industriellement cette région, mais les pirates avaient pillé leurs installations et elles avaient toutes abandonné. Larsen estimait à plusieurs milliers le nombre d'anciens gardes Verakin dans cette région du bras spiral.

Le Bellator effectua un nouveau saut de quatorze années-lumière. Malgré la forte densité d'étoiles, il n'y avait pas de système habité dans cette région de l'espace et Bella ne détectait aucune source d'énergie artificielle ou émission d'ondes de communication.

L'atmosphère, dans la grande salle à manger du Bellator, était donc plutôt sereine. Sarian paraissait détendu malgré la présence possible d'un espion dans le groupe. Les différents vins originaires de plusieurs planètes de l'empire faisaient des merveilles. Larsen était ravi d'avoir retrouvé des Verakin et le moral de tous était en hausse.

Le vol se poursuivit sans incident pendant plus de soixante-dix heures et les passagers alternaient périodes d'observation et phases de sommeil. Le Bellator avait enchaîné son trente-cinquième saut quantique et était maintenant à plus de quatre cents années-lumière de la Terre. Pour Paul et Mélanie, les heures se succédaient, entrecoupées par des entraînements avec Darin et Oria.

Les deux adolescents s'étaient isolés plusieurs fois dans leurs cabines pour écouter de la musique et ressasser leurs souvenirs communs sur Terre. Paul avait une préférence pour le pop-rock avec des groupes comme The Killers, Kill Hannah, Metric ou de la pop comme Élie Goulding ou Clare Maguire. De son côté Mélanie écoutait plus volontiers Bakermat, Daft Punk, Ratatat ou Macklemore.

Les périodes de sommeils leur paraissaient presque une délivrance comparée au vide émotionnel causé par l'éloignement de leur famille, de Stéphanie et la mort d'Alex.

Il restait encore plus de mille années-lumière à parcourir pour atteindre le système de Polona.

Fin du troisième volet

Glossaire

Aaken	membre du collège des Scientistes,
Al-heoxyrian	Nom donné à une entité ? Race ? Qui serait, selon les ildarans, à l'origine de l'uniformisation de la vie humaine dans la galaxie Voie Lactée. Voir Charte des Al-heoxyrians qui interdit le recours au saut quantique à proximité des étoiles ainsi que l'intervention dans les civilisations préspatiales.
Amaridinia	planète mineure de l'Empire d'Ildaran.
Arkrit	minerai découvert sur un planétoïde possédant des propriétés uniques lorsqu'il entre en résonnance.
Asuyâata	maître armurier de la planète Polona.
Averdin	clan ayant découvert la planète Terre, vassal de la famille Uphrasite.
Baliran	ancien garde impérial, a trouvé refuge dans la guilde des contrebandiers.
Bella	prénom donné à l'IA du Bellator.
Bellator	nom donné au vaisseau impérial conquis par Ishar Verakin.
Brasky	système de Brasky. Système solaire ayant violé la Charte des Al héoxyrians. Détruit par explosion de son étoile.
Briza	ancien garde impérial, membre de l'équipe de protection d'Ishar Verakin.

Carou 4	croiseur d'attaque embarqué sur le Bellator.
Carusif	croiseur léger détaché auprès de la garnison en poste sur la planète Terre.
Cavon Seravon	découvreur de la matière noire, ancêtre de Kera 1er.
Cheeris	membre du collège des Scientistes,
Coren Faraï	inventeur des Nanocrytes.
Corodria	minerai permettant de produire le corodrium.
Corodrium	alliage, à base de Corodria, particulièrement résistant permettant un façonnage moléculaire.
Corvin	capitaine d'une brigade squir, chef de la sécurité de Kera 1er, psykan de haut niveau.
Damiusin	ville sur Polona, réputée pour les artisans qui fabriquent des armes de très haute qualité.
Darin	maître d'armes, ancien garde impérial, membre de l'équipe de protection d'Ishar Verakin
Écu-Croix	bras spiral de la Voie Lactée (également appelé bras du Centaure). Se situe entre le bras Sagittaire-Carène et le bras de la Règle.
Extrapolonian	humain, étrangé à Polona.

| Facel Randarion | Inventeur de la technologie de déplacement par trou de vers, appelé également saut ou transition quantique. |

Facel Randarion — Inventeur de la technologie de déplacement par trou de vers, appelé également saut ou transition quantique.

Faraï — famille majeure de l'Empire d'Ildaran, spécialisée dans la recherche médicale, inventeur des Nanocrytes, de la prolongation de la vie et des glandes psykanes.

Farmien Horlzson — inventeur du bouclier énergétique qui porte son nom.

First Episode : — navire de plaisance à moteur

Florilius, — commandant de la base ildarane stationnée sur la planète Terre.

Frochia, — (système de) système solaire situé proche des frontières de l'Empire, étoile de type naine rouge.

Gâal, — (royaume de), situé sur Polona.

Gâalanais — habitants du royaume de Gâal.

Golchem, — directeur scientifique de la base ildarane installée sur la planète Terre.

Gorantim, — lieutenant du commandant Florilius.

Hefry, — membre du collège des Scientistes

Hertocha, — système mineur de l'Empire d'Ildaran.

Hevry, — membre du collège des Scientistes

Holocom — technologie de communication en 3D.

Horlzson — (champs) nom du bouclier énergétique utilisé par les ildarans.

Humano-compatible	terme utilisé pour désigner les planètes habitables par les humains et aux conditions presque similaires à la planète mère des ildarans.
Ika Seravon,	amiral de la flotte envoyée dans le système solaire, cousin de l'Empereur Kera 1er.
Ikon Seravon,	frère cadet de l'Empereur Kera 1er.
Ildaran	peuple de l'Empire d'Ildaran.
Ildaran Prime,	planète mère des ildarans et capitale de l'Empire.
Ilvaran Verakin,	ancêtre d'Ishar, inventeur de la technologie qui convertit les particules de matière noire en énergie et la stocke dans des condensateurs.
Irias,	intendant impérial de la famille Verakin, proche du père d'Ishar.
Ishar,	dernier descendant de la famille Verakin.
Jilien,	membre du détachement militaire commandé par Florilius.
Karyo,	capitaine du vaisseau amiral du cousin de l'empereur, l'amiral Seravon.
Kera,	prénom de l'empereur Seravon.
Kharitra,	planète mineure de l'Empire connue pour ses élevages.
Kin,	abbréviation de Verakin, symbolisant l'énergie produite par les condensateurs Verakin.
Klosteran,	ancien garde impérial, a trouvé refuge dans la guilde des contrebandiers.

Korïn Faraï,   inventeur des glandes psykanes.

Korisandre,   membre du collège des Scientistes.

Kriavia,   planète mère des scientistes située dans l'amas des Pléiades.

Kries,   résille Kries, dispositif de neutralisation des ondes cérébrales et de protection contre les psykans.

Liar,   membre du commando Squir de Corvin.

Livion,   commandant scientiste.

Lorka,   (fédération de), système solaire indépendant situé à 800 années-lumière de la Terre.

Mâarleen,   princesse gâalanaise, fille du roi Mâaspec

Mâaspec,   roi de Gâal.

Malezari,   famille majeure de l'Empire d'Ildaran, proche des Seravon.

Mariq,   membre de l'équipe de Sarian.

Marvio,   chef des contrebandiers installé sur Polie, la septième planète du système de Polona.

Milpars,   chef de la garde du prince Sertime.

Miol,   membre de l'équipe de Florilius.

Nanocryte,   nanorobots biologiques améliorant les performances physiques des porteurs.

Nanotraqueur,   dispositif de suivi de la taille d'une nanoparticule.

Narvin,   membre de l'équipe de Sarian.

Neurorécepteur, dispositif artificiel biologique lié aux Nanocrytes.

Neutralisateur, (de champs quantique) dispositif de brouillage qui bloque tout déplacement par trou de vers.

Niir, adjoint de Corvin.

Numarion, membre de l'équipe de Sarian.

Obvion, membre du collège des Scientistes.

Okorox animal de couleur fauve, orné d'une crinière de lion, ressemblant à un croisement entre un Wapiti et un cheval frison.

Oprius, croiseur d'attaque embarqué à bord du Bellator.

Orcaphin, système mineur de l'Empire, administré par la famille Uphrasite.

Oria, membre de l'équipe de Sarian.

Orikan Verakin, ancêtre de Paul qui comprit, parmi les premiers, le potentiel des glandes psykanes.

Pallaron, membre de l'équipe de Sarian.

Perculio, second de Marvio, connu pour être intelligent et perfide.

Perti, membre de l'équipe de Florilius.

Polona, (système de) et planète habitable.

Polonian habitants de Polona

Port Gâal, capitale du royaume de Gâal.

Prag,	membre de l'équipe de Sarian.
Psykan,	humains ayant reçu des glandes psykanes qui amplifient leur potentiel psychique.
Qiotianne,	(système de) abritant une planète agricole.
Quirtan,	membre du collège des Scientistes.
Randarion,	inventeur de la technologie de déplacement par trou de vers, appelé également : transition ou saut quantique.
Randor,	navire furtif, au stade de prototype, ayant permis la fuite d'Ishar Verakin.
Raren,	membre du collège des Scientistes.
Ravokâan Tâardian,	duc, vassal du roi Mâaspec.
Relican,	système impérial majeur, base de construction de vaisseaux militaires.
Rliostem,	membre de l'équipe de Sarian.
Sarian,	ancien chef de la garde du père d'Ishar.
Sariote 2,	croiseur d'attaque embarqué à bord du Bellator.
Scienty,	République de Scienty, système refuge des scientistes ayant fui l'Empire.
Sécurité Impériale,	unité d'élite de l'empereur.
Seravon,	famille majeure de l'Empire, rivale des Verakin.
Sertime,	prince marchand sur Polona.
Sertone Prime,	planète principale de la famille Seravon.
Sorphir,	membre du collège des Scientistes.

Squir,	groupe de protection psykan de l'empereur. C'est également un reptile très rapide et partiellement intelligent découvert sur Sertone Prime
Squir Prime,	aviso rapide embarqué à bord du porte-croiseurs.
Sylphiria,	planète mineure de l'Empire connue pour ses épices.
Tâalent	monnaie en vigueur dans le royaume de Gâal.
Tâardian,	famille majeure du royaume de Gâal, vassaux de Mâaspec.
Tâargrien Tâardian,	fils du duc Ravokâan.
Tar 6,	croiseur d'attaque embarqué à bord du Bellator.
Telius,	membre de l'équipe de Sarian.
Teraflonis,	système solaire dans lequel fut découverte l'unique source d'Arkrit.
Uphrasite,	famille majeure de l'Empire.
Utuis Seravon,	oncle de Kera 1er.
Varle,	membre de l'équipe de Florilius.
Verakin,	famille impériale depuis la création de l'Empire jusqu'au putsch des Seravon.
Verakin Ildaran Frîîkr	cri de ralliement des gardes Verakin signifiant leur allégeance à la famille et à l'Empire.

Vernissos, (système de), système solaire détruit par un vaisseau braskyien qui effectua un saut quantique trop près de l'étoile.

Vira, membre de l'équipe de Sarian.

Virlin, membre de l'équipe de Corvin

Waalsynn, membre du collège des Scientistes.

Wimp acronyme de -Weakly interacting massive particles- ou « particules massives interagissant faiblement ». Les hypothèses scientifiques en font une particule probable de la matière noire.

Wooratoo II, système solaire impérial le plus proche de la Terre.

Xionnes, membre de l'équipe de Sarian.

Yjiis, membre du collège des Scientistes.

Ykel, membre du collège des Scientistes.

Yleb, membre du collège des Scientistes.

Ylten membre du collège des Scientistes.

Ynair, membre du collège des Scientistes.

Ystor, membre du collège des Scientistes.

Zetarian Alpha, système solaire industriel appartenant à la famille Malezari.

Remerciements à tous ceux qui m'ont soutenu dans l'écriture de ce roman et tout particulièremenr ceux qui ont lu les premiers jets et ont apporté leurs idées : Alice, Denis et René. Ils se reconnaîtront ☺